ヴェールトとイギリス

髙木文夫 著

大学教育出版

ゲオルク・ヴェールト（1822-1856）

関連地図

大西洋
スコットランド
エディンバラ
北海
イングランド
湖水地方
ヨークシア地方
ヨーク
ランカシア地方
アイリッシュ海
リヴァプール
ブラッドフォード
マンチェスター
アイルランド
ダブリン
ウェールズ
バーミンガム
ケンブリッジ
ロンドン
テムズ川
オックスフォード
カーディフ
ドーヴァー
カンタベリ
ソールズベリ
ウィンチェスター
カレー
ドーヴァー海峡
ノルマンディ地方
フランス

目次

はじめに

本書はドイツ三月革命期の詩人ゲオルク・ヴェールトGeorg Weerth（一八二二～一八五六）とイギリス[1]との関わりについて述べた書である。

ヴェールトの名前は知られているとは言えないので、彼の略歴から本書を始めるとしよう。ヴェールトが生まれたのはドイツ中部の、現在はノルトライン・ヴェストファーレン州に属するデトモルトという、森に囲まれた美しい小さな町である。デトモルトは小さいながらも、かつてはリッペ候国の首都として栄えた。ヴェールトの祖先はもともとライン地方バルメン近郊の出身で、商業を営むものが多かったが、彼の父フェルディナントは祖父の希望に逆らって、聖職についた。詩人がデトモルトに生を受けたのは、父親がリッペ候国の福音派管区総監督に任命されたことによる。リベラルで合理主義的な思考の持ち主である父親はこの小さな国の教育制度の改革に多大な功績をあげている。この時期のデトモルトはドイツ文学史の観点からは興味深い町である。というのはヴェールトに先立って、大きな存在ではないが、特異な位置をしめる詩人二人がこの町に生まれているからだ。一人は、それまでの古典主義的な戯曲形式の打破をめざしたグラッベ（一八〇一～一八三六）であり、もう一人は後にヴェールトとともに『新ライン新聞』編集部に所属した詩人フライリグラート（一八一〇～一八七六）である。小さな町ゆえに、三人をめぐって因縁めいたこともある。フライリグラートは名前をフェルディナントというが、これはヴェールトの父親に因《ちな》んでつけられたものである。フライリグラートの父親はヴェールトの父親の前任地での教え子で、デトモルトへは父ヴェールトの世話により教職につくためにやって来た。ただ、少年時代は二人の詩人は年の差があるために特に交遊があったわけではない。フライリグラートはヴェールトの長兄カールの遊び仲間にすぎなかった。しかし、ヴェールトの生まれた屋敷から小路を隔てて見下ろされるように、フライリグラートの生まれた家があり、フライリグラートの生家の隣にグラッベの亡くなった家がある。さらにそこから近い元監獄の建物がグラッベの生まれた家である。彼の父は監獄勤めの役人だったのだ。この建物は現在はカフェになっているが、階上に、三人を顕彰するグラッベ協会がある。

一八三六年、詩人ヴェールトはギムナジウムを中退し、デトモルトを離れ、商人としての修業をすべくエルバーフェルトに赴く。エルバーフェルトはバルメンの近くで、当時のドイツでは最先進工業地帯で、ヴェールトはその喧噪に驚きを隠さない。バルメンという名前ですぐに思い浮かぶのはエンゲルス（一八二〇〜一八九五）のことだろう。エンゲルスが当時バルメンにいたことは確かであるし、二人の年齢も近く、それぞれの家系がともに商業を家業とし、しかも姻戚関係にあったので、すでにこのとき二人が出会った可能性が高いが、その詳細は不明である。(2)二人の出会いが確実なのは後年の両者のイングランド時代である。ヴェールトが文学に親しみ始めたのはこのエルバーフェルト時代で、文学サークルの中心はフライリグラートだった。その後ケルン、ボンと移っても、文学サークルに加わり、大学の講義を聴講して、詩作も始める。この時期ヴェールトにとって重要な体験となったのは、ようやく発展を始めたドイツの産業資本主義の現状を知ったこと、特にボンにいたとき、父親の従弟にあたる商務顧問官フリードリヒ・アウスム・ヴェールトの身近で産業ブルジョワジーの実態を知ったことである。ここでのブルジョワジーのスキャンダルを見聞したヴェールトは嫌気がさし、また元々国外への関心もあったので、当時の世界の最先端にあったイングランドに職を得て、一八四三年末に移住する。彼の赴任先は工業都市ブラッドフォード、梳毛紡績工業の一大中心地だった。彼がここで見た産業革命の実態は、ドイツをはるかに凌駕し、すでに陰の部分がはっきりと現れていた。彼はそれまでは単にドイツよりも進んだ国ということで、イングランドをもっとロマンチックに想像していた。結局ブラッドフォードには一八四六年春までの二年半しか滞在しなかったが、この時期にヴェールトが見聞したことはその後の人生を決定した。ほぼ同時期に近郊のマンチェスターにエンゲルスが滞在している。彼もヴェールトと同じようにイングランドの現状に大いに驚いたが、ヴェールトは週末になるとエンゲルスのもとへ通い、いろいろなことを話し合い、多くの影響を受けて、イギリスの国民経済学や社会主義思想に親しんだ。またオウエンなどのイングランドの社会運動に接したり、チャーティストの集会にも顔を出したり、さらには当地で知り合った医師に同行して、貧民街に頻繁に足を運び、イングランドの労働者の悲惨な状況を知り、労働者の集会を見学して、彼らの抵抗する姿勢を体験する。当然のように、イングランド時代の抒情詩や散文は社会批判的な内容を持ち、イングランドの労働者階級の実態を描いたものがほとんどである。彼はこの滞在時に社会主義者になった。

その後、環境の悪いブラッドフォードで病気になり、ヴェールトはエンゲルスやマルクスのいるブリュッセルに移り、商業活動を続ける。この間『ケルン新聞』など多くの新聞や雑誌に抒情詩や小説、紀行文などを寄稿する。彼が名前をあげたのは一八四七年に開かれたブリュッセル自由貿易会議での演説で喝采を浴びたときのことである。彼には一八四八年パリで革命が起こると早速現場に直行するという行動力もあった。革命の間ケルンでマルクスらとともに『新ライン新聞』の発行に携わり、ヴェールトは文芸欄の編集を担当し、また自ら多くの詩や文章を載せる。同紙上に連載した風刺小説『著名な騎士シュナップハーンスキーの生涯と行い』（一八四九年）で貴族を徹底的に批判するが、革命後そのために三ケ月間の禁固刑を受ける。その後はペンを折り、専ら商業活動に専念する。彼の商人としての行動半径は大きく、ヨーロッパ大陸だけでなく、南北アメリカ大陸を歩き回る。一八五六年旅先のハバナで死亡、その報せはエンゲルスら友人たちを悲しませた。

以上が長いとは言えないヴェールトの生涯であるが、本書で彼とイギリスとの関わりをテーマとするのは、ヴェールト自身が上述のブリュッセル自由貿易会議で「労働者の名において」発言するとき、「私は生涯で最も実り豊かな数年をイングランドの中心で過ごし、そこでの思い出が常に心の最も大切なものの一つである」[3]と発言しているように、ヴェールトを紹介する上で、イギリスは彼の『新ライン新聞』時代と並んで重要であり、かつ欠くべからざるからである。ヴェールトがブラッドフォードに滞在したのは二年あまりと非常に短いが、上述のようにこの時期が彼のその後の人生を決定づけ、「イングランド修業時代」と名付けるにふさわしい濃密な体験だった。もう一点本書においてヴェールトとイギリスとの関わりを取り上げる理由は、彼が実際に体験し、詩や文章にしたイギリスの実態のアクチュアリティである。彼が伝える一九世紀の最先進工業国イギリス、初期ヴィクトリア朝のきらびやかな姿の背後にある実態は、エンゲルスの『イングランドの労働者階級の状態』（一八四六年）と並んで、今日の我々が置かれている状態を原初的に表している。あるいは産業革命以後の人類が紆余曲折を経て様々な運動を起こして現在の状況を獲得したその根源を明らかにしてくれる。ここに提示されている様々な状況は、イギリスの後を追って、次々と産業革命を経て、工業化していった他の諸国でも、この後展開し、あるいは現在でも展開しつつある。決して過去の、あるいは他国のよそ事では無い。また、私たちの今日は、産業革命以後の産業が生み出した様々な社会矛盾を克服する過程で、様々な人間らしい生活を送るための諸権利を獲得した過程があって初めてあるのである。

第一章　ロンドン

一

まだ見ぬ土地への旅は出発前からどこか心をかき立てるところがある。旅の目的地のことについて多少なりとも知識を持っていれば、なおさら期待を持たずにはいられない。初めて足を踏み入れてみて、期待に違わぬ、あるいはそれ以上のすばらしい土地もあれば、まったく異なった印象を与え、失望させるだけの土地もある。どのような場合でも旅で得る新しい体験は人間を成長させることが多い。ヴェールルトは幼いころからイングランドに住む母方の伯父の影響を受け、異国への憧れをいつも胸に抱いていた。彼はいつの日か遠い国へ旅行することをいつも夢見ており、エルバーフェルトの見習い時代からそれを実行に移す機会をいつも窺っていた。当初彼が希望していた南米のブエノスアイレスへの移住は社会情勢の悪化や母親の強い反対のために実現しなかった。そんな折り次兄ヴィルヘルム（一八一五～一八八四）からイングランドで職を求めることを勧められた。一八世紀以来、ヨーロッパの最先進国イギリスはドイツの人々の大きな関心の的であり、ヨーロッパ各地から、多くの人々が実際に足を踏み入れた。とりわけ首都ロンドンは訪れた人々の驚異であった。ロンドンには母方の親戚が居住しており、やはり幼児の時から関心がある土地だった。そして、それまでボンで、父親の従弟フリードリヒ・アウスム・ヴェールルト（一七七九～一八五二）の元で働いていた彼は、ふとしたきっかけでドイツ・ブルジョワジーの欺瞞性を知る。嫌気がさした彼は、職を辞して、外国の新天地で新たに働き場所を得ようとした。このことが、直接彼がイギリスに旅立つ後押しをする。そうして実現した初めてのイギリス旅行は、一八四三年九月末、ボンからベルギーのオステンデを経て、ロンドンに向かって始まる。乗船した「ウィルバーフォース号」は北海を渡り終わるとやがてテムズ河を遡り、ロンドンに近づく。この間の旅行については彼は母親宛書簡で次のように伝えている。

「旅はどの点でもすばらしいものでした。—僕は飛ぶようにベルギーを見学し、アントウェルペンで、多くの帰国するジェントルマンと連れだって蒸気船『ウィルバーフォース号』に乗り、日光を浴びた航海を素早く経てイングランドの大地に到達しました。—ブラックウェル鉄道は数分で家々の屋根を過ぎ、巨大な町の中心まで我々を運びました。」(SB I/208)(1)

文中の「巨大な町」とは言うまでもなく、ロンドンのことで、ヴェールトはすでにこの大都会についてこのような認識を持っている。初めて見るロンドンは「幅広い河の岸辺に果てしない蒸気と霧の中から幽霊のようにそびえ立つ」「町の怪獣」として現れる。エルバーフェルトやケルンのようなドイツでは比較的先進的なライン地方の都市に慣れているヴェールトにとっても圧倒されることだった。(2)エルバーフェルトや隣接するバルメンについて、(3)当時の旅行ガイドブック、『ベデカー』(一八四四年版)は

「エルバーフェルトと隣接するバルメンはおよそ八万の人口を有している。清潔なスレートに覆われた家々のある両市は、前世紀の最後の四半世紀以来急速に商業通商の関わりで現在の重要性を持つに至っている。極めて堂々としているのは木綿、絹、リボンの工場とトルコ赤の染色工場である。このようなことに格別の注意を向けない人は

エルバーフェルトから二〇分上がってハルトを見渡すことで最も報いられるだろう。工場の多い、人口稠密《ちゅうみつ》な、住居を撒《ま》き散らしたような、長く伸びる工業の谷の眺望は、このような特性ではドイツの他の谷によっても、ヒルシュベルクの谷を除いて、追いつかれることはほとんどないであろう。」[4]

とすでに工業化された一帯のことを伝えている。ヴェールト自身も兄ヴィルヘルムに宛てて、

「朝から夜遅くまでこの上なくせわしい世界の大量の人間がそこを行ったり来たりしている。—左側にはエルバーフェルトから最も強力な流れがこちらに向かって転がるようにやって来る。右側にはマルク地方の農民がキャベツを運んでくる。我々の目前には染物屋があらゆる色に輝く羊毛を乾かすために掲げ、我々の背後には、遠くからやって来た、倦まず弛まず偉大な仕事、鉄道が出来上がるのを助けようとする労働者たちの力強いハンマーの音が絶えず聞こえてくる。」（一八三八年七月一日付け）

とこの町の人々のせわしさを伝えている。この賑わいはトイトブルクの森に囲まれた静かな町デトモルトから来た若者にはすでに充分刺激的だっただろう。ヴェールトのこの書簡では伝えられていないが、すでにこの工業化された都市では、労働者の労働条件は過酷なものだった。ほぼ同時期のこれらの町を観察した、エンゲルスは『ヴッパータールだより』（一八三九年）でその様子を次のように伝えている。

「ドイツ中至る所に見られるような、生き生きとした逞しい民衆の生活が、ここではまったく見いだされない。最初眼に映じるものはたしかにそれと異なったものであって、毎晩浮かれた連中が街路を練り歩き、歌を歌うのを聞

くが、その歌というのが、アルコール臭い唇にいつも変わらずのぼってくるまったく低俗なわいせつな歌なのである。［中略］この行動の原因は明らかである。何よりもまず第一に工場労働のこれにあずかること大なるものがある。酸素よりも煤煙やゴミをはるかに多く吸わされてしまう狭苦しいところでの労働、六歳にでもなればたいてい始まる労働は、労働者の精力と生活の喜びをいっさい奪うにいたった。［中略］そこで見受けられるわずかの健康な人物というのは、ほとんど他地方からやって来る家具師かその他の手工業者である。土地っ子の鞣《なめし》革《がわ》職人の間にも健康な者を見かけるが、三年もこうした生活をすれば、彼らの身心ともにすりへらすのに十分である。［中略］しかし、驚くほどみじめな状態がヴッパータールの下層階級、特に工場労働者の間に支配している。すなわち梅毒と胸部疾患が、信じがたいほど広まっている。エルバーフェルトだけでも、就学義務のある二、五〇〇人の児童のうち、一、二〇〇人は教育を剥奪されてしまって工場の中で成長する。[5]」

ヴェールトがエルバーフェルトでエンゲルスと同じような体験をしたかどうかについては明らかではないが、まったく知らなかったとは思えない。しかし、「巨大な」という言葉で、ロンドンで、ドイツ以上の衝撃を受けたことははっきりしている。かりそめのロンドンではまだ目にすることはなかっただろうが、エンゲルスが伝える労働者の状況は、後にブラッドフォードで、もっと悲惨な姿でヴェールトが体験することである。それについては第二章以降で詳しく見ていこう。

二

ロンドン市内に実際に到着して、さらに驚きのあまり「呆気《あつけ》にとられる」。何故なら、彼が眼にしたことすべてが彼がどんなに妄想を逞《たくま》しくしても、それを凌駕したからである。

「すべてのことを述べるには、いつか今よりも良い時があるでしょう。頭がおかしくなったも同然のイングランドの雑踏の凄さ、一団の教会や宮殿、無数の船舶に埋め尽くされたテムズ河と、大量に積み上げられたあらゆる国々と国民の宝物—要するに、あの小さな空間に、人間の休むことがない魂が整え、並べたもの全てが、僕に最大の驚きという印象を与えましたが、同時に、この素晴らしさにもひょっとしたらいつかオリエントの町の廃墟に漂っている死の静寂が棲むかも知れないと考えると、悲しい気分に満たされました。」（前掲母親宛書簡）

ヴェールトのこの感想にはすでに驚きとともに、この町の将来への不安も吐露されている。

ロンドンに圧倒されたドイツ人は彼一人ではない。すでに以前から数多くのドイツ人がこの大都会を訪れ、その繁栄ぶりのみならず、巨大さや慌ただしさに驚きの目を向けている。(6)一八二〇年代末にロンドンを訪れたハイネ（一七九七〜一八五六）も『イギリス断章』（一八二七年）において、「ロンドンはまったくその大きさの点で私の期待をすべて凌ぎました」(7)と述べて、この大都会の賑わいに圧倒されているし、エンゲルスも『イングランドにおける労働者階級の状態』で、

「数時間歩いても町のはずれにすらたどりつけず、近くに農村があると推測されるようなほんの少しの徴候も目にすることができないようなロンドンのような大都市は、ともかくも独特なものである。［中略］海からロンドン・ブリッジへ向けてさかのぼっていくときのテムズ河のながめほど堂々としたものを、わたしは見たことがない。［中略］すべてが大規模で大量で、目がくらむばかりである。イングランドの地を踏まないうちから、その大きさに度肝を抜かれるのである。」(8)

と驚きを込めて述べている。「ほぼ二百万の幸福な、そして不幸な魂が盛んに活動するこの不気味なほど大きな混沌が轟く」(9)大都会ロンドンの船着き場でヴェールトは乗合馬車へ押し込まれ、町の中へ入ってゆく。ドイツから訪れた者として、当然のように描写のあちこちでドイツとの対比で、それまで見聞したものとは異なる光景が驚きとともに読者に伝えられる。その一例としてドイツでは当たり前の、夜の町を徘徊してワイン酒場に出入りする人がいないどころか、飲み屋さえ眼につかないと大げさに報告される。さらにイングランド人の家庭生活、ウェストミンスター寺院や大英博物館など次々とロンドンの名所が紹介される。ハイネは、イングランドの政治や社会に対し、先進国イングランドを単純に賛美するのではなく、ドイツやフランスと鋭く対比させながら、イングランドの持つ否定的な側面も暴き出す批判的な見方をとっている。ハイネの手にかかると、民衆による革命を経験していないイングランドは古い封建的な部分を残す社会として描かれる。エンゲルスも随所でロンドンの貧民街やそれを生み出す社会構造について、実態の報告にあわせて理論的分析をおこなっている。また、フランス人フロラ・トリスタン（一八〇三〜一八四四）は、『ロンドン散策』（一八四〇年）序文で

「私はこれまでに四度イギリスを、いつもその風俗習慣およびその精神を学ぼうという目的で訪れた。一八二六年

の訪問時には、イギリスはなんと豊かな国だろうと感想を抱いた。一八三一年になると、一八二六年時に比べ、そうした豊かな国というイメージは薄れ、加えて国情は大層不安定になっていた。一八三五年には、労働者と同じく中産階級にも、窮乏化現象の出現が感じられ始めてきていた。一八三九年になると、ロンドンのあちこちで、民衆の恐るべき貧困生活ぶりが目に入るようになった。国民の怒りは頂点に達し、すべての人間に不満が充満していた。」[10]

と述べているように、独自の観察眼と嗅覚で、ロンドンの社会・政治・文化の多様な側面をチャーティスト運動や売春婦の実態や貧民窟にいたるまで、彼女が自らの足で歩き回った成果をもとに書きつづり、繁栄するイングランドの恥部を抉りだしている。これに比べ、ヴェールトの場合には、最初のロンドン旅行後に『ケルン新聞』に掲載した、『ケルンからロンドンへ』では、ただ、ロンドンの巨大さ、その繁栄ぶりに驚くだけで、初めての体験で無理もないが、トリスタンのようにロンドンの裏面まで窺うような視線もまだなく、鋭い描写は存在しない。それでもまだロンドン以外のイングランドを知らないせいか、このときの旅行後、母親に宛てた書簡の中で、「巨大なロンドンあるいは陰鬱なマンチェスターに潜むことはおぞましい」（一八四三年十一月十一日付け母親宛書簡）とロンドンへの嫌悪感を洩らしている。

ヴェールトのロンドンに対する見方が変わるのはブラッドフォードで働くようになってからである。次章以降で見るように、ヴェールトはブラッドフォード時代に世界観や行動が大きく変化する。大都会ロンドンへの否定的な見方も転換する。そのことは彼が様々な紙誌に載せた文章においてではなく、家族宛の書簡に見ることができる。まずブラッドフォードに移って一ヶ月も経たないうちに兄ヴィルヘルムに宛てて、

「一度兄さんをイングランドへ迎えたいと思いました。生憎《あいにく》ブラッドフォードではなく、ロンドンへです―ロンドンは何と言っても世界そのものです。いつか僕たちの懐具合が変わったら、数日間巨大な巣窟を歩き回ろうと思っています。そこでは一年中夜は虱《しらみ》の巣以上なのです。娼婦、俳優、追い剥ぎ、道化者、酔っ払いに混じって数時間を過ごしましたが、賑わい全体を記憶にとどめておくには充分な恐ろしさでした。ウージェーヌ・シューの『パリの秘密』で見事に書かれている現実を目の当たりにするのは面白いことです。」（一八四四年一月一四日付け）

と書いている。ブラッドフォードに落ち着いて以後、しばらくの間ロンドンに足を運んだ形跡はないので、ここに書かれている認識は最初のロンドン旅行とブラッドフォードへの赴任の途中で立ち寄ったときに得られた経験から来ていると見て良い。上で見たこと以上にヴェールトがロンドンの実態に触れていたことになる。この落差はやはり公表された文章と身内宛ての私信との違いから来ていると考えられよう。当時評判を取っていたパリの裏面を、まず連載小説で、次いで書籍としてセンセーションを巻き起こしていた、シューの小説を引き合いに出していることも興味深い。大都会が抱える、貧困、犯罪、売春等の社会問題はすでにヨーロッパ全体で関心が持たれていた。(11)

三

この後、ブラッドフォードでの滞在が長く、ブラッドフォード、この「悪魔の巣窟」を深く知るにつれて、ロンドンへのヴェールトの見方も次第に変わってゆく。到着して五ヶ月後に母親に宛てた書簡では「僕の愛するロンドン」（一八四四年五月二二日付け）と言い、一方で平行して、兄ヴィルヘルム宛には「怪物、黒いロンドン、この豪華さと苦しみの山」（一八四四年五月二三日付け）と再びロンドンの裏面を強調し、それにもかかわらず、この書簡とその後の母親宛には「金《きん》を持っていたら、必ずやロンドンへ行く」（一八四四年七月六日付け）とロンドンへの強い関心を表明している。この気持ちは翌年になっても変わらない（一八四五年五月二九日付け母親宛書簡）。

ついでに言えば、後年一八四八年革命期に書かれた『著名な騎士シュナップハーンスキーの生涯と行い』で、本筋とは直接関わりなく、挿話としてロンドンが取り上げられる。そこでは

「一人のヴェストファーレン人がイングランドを旅行した。［中略］ドーヴァーでは下船の際に海に落ち、税関では煙草がいっぱい入ったトランクを没収され、乗合馬車の御者がどーんとぶつかってきた。極めて冷たく、不快に、我らがヴェストファーレン人は、ロンドンはストランド地区ノーフォーク街に到達した。ノーフォーク街は死んだように静かな脇道だ。最悪の部屋を注文した後―もちろん彼は最高の部屋ほど多く支払わなければならなかった。健康を考慮するよりも金銭を考慮して、カナリヤほどもビーフやマトンを食べることもなかった―勿論、巨人ゴリアテの昼食に払うのと同じほど多く払ったが、我らがヴェストファーレン人は、高価だが、粗末なベッドに横になり、両手を組み合わせ、全知全能の神に祈りを捧げ、神によって義とされた人々のように寝息を立てながら、眠り込んだのである。翌日、目が覚めて、［中略］我らが友はそれ故おずおずと階段の縁を忍び歩き、震える声で『ボーイさん、鐘が何時を打ったか教えていただけませんかね』と訊いた。『三時』とボーイは突樫貪《つっけんどん》に叫んだ。午後三時だった。しかし、空を暗くするように町に掛かっていた嫌悪すべき霧のせいで、善良なヴェストファーレン人には朝の三時だとしか思われなかった。彼が思いやりにあふれた異邦人として部屋に這うように戻り、数回の中断と重苦しい夢の後で、もう一度翌朝までベッドに横たわろうとしたのは自ずと分かる。彼はそこで霧が相変わらず続いていたので、もし、空腹に苛まれてとうとう決心して食堂によろよろとおりて行くことがなかったならば、きっと三日目までとどまっていただろう。」

と面白おかしく、田舎者のドイツ人の右往左往ぶり、ロンドンの人々の邪険な振る舞いが描かれている。この描写にはヴェールトの最初のロンドンの体験が反映されており、この「ヴェストファーレン人」とヴェールトが二重写しになっていないだろうか。さらにこの風刺小説の別の箇所でもロンドンが引き合いに出される。そこでは

「あるいはロンドンへ旅行しなさい。あなたにイーストチープの友人たちへ宛てた推薦状を添えてあげます。［中略］当然これが最善の社会ではないことを確信させる人もいるでしょう。しかし、それは混じりけのない中傷です。シェイクスピアという名のイングランドの文士にも責任があります。彼は卑しむべき芝居で真理を愛するサー・ジョンと貞潔なドルトヒェンについて不都合なことを語りました。しかし、その代わり彼は星室庁、即ち風紀警察の法廷に出頭するのです。中傷による告発が響きわたります。赤鼻のブルーアム郷が不幸な被告のひどい弁護人だったので、前日のシェイクスピア氏は少なくとも三ケ月の拘禁と五年間の市民権喪失を言い渡されることが予想されています。この有名な裁判を傾聴しにロンドンへ旅行すること以上に良いことはできません。」

と述べられており、ヴィクトリア朝時代の道徳的欺瞞性を揶揄している。

このような見方をしていても、ロンドンはその後もヴェールトの関心を引きつけてやまない。革命後も何度もこの不可思議な「大きなバビロン」であるロンドンを訪れることになる。

第二章　ブラッドフォード

一

初めてのロンドン旅行を終えた後、ヴェールトは一旦ドイツに帰るが、その後まもなく知人のつてでイングランドのブラッドフォードにドイツ系商社の通信係の職を得て、同じ一八四三年の暮れに新しい赴任地に向かって出発する。十二月七日ケルンを発ち、アルンヘム、ロッテルダム、ロンドン、マンチェスターを経て、新しい勤務地であるヨークシア地方の繊維工業都市ブラッドフォードには十二月十八日に到着した。ブラッドフォードの第一印象について到着後間もない十二月二十日付けの書簡で母親に次のように伝えている。

「ブラッドフォードはヨークシア州にあり、人口六万人、汚い道路があり、山腹にあって、家々は煤煙で真っ黒です。というのは煤煙は絶え間なく道路を波打って通り抜けるからです。どこを見ても煙を吐く煙突、製鉄所等々です。—家並みが途切れる山頂から美しい谷間が見えます。—しかし、残念なことに煙り、靄、蒸気と工場が一杯です。おぞましいことだと言いましょう。車でさえ、むき出しの舗道を蒸気で動かされます。蒸気や靄《もや》しか知られていません。—住居内はもっと良さそうに見えます—戸外に欠けているものを屋内で補おうとしたのです。すべては純粋で愛らしいのです。玄関ホール、階段、すべてに絨毯が敷かれています。最も平凡な家でさえもそうなの

です。」(SB I/230)

到着してからまだ二三日しか経っていないので、無理もないが、「どこを見ても煙を吐く煙突」という、すでに工業都市ブラッドフォードの特徴をきちんととらえている。彼はイングランドに来る前にドイツでも産業革命の萌しがみえる最先進工業地域のライン地方で働いていたので、当時世界で最も産業革命が進んでいたイングランドについて、多少は想像していたが、最初に上陸したロンドンが想像を遥かに超えていたことは、前章において見たとおりである。その一方で新しい赴任地に向けて出発する前、ケルンから母親に宛てて、

「ブラッドフォードで職を得たことはとても嬉しいです。というのは巨大なロンドンや陰鬱なマンチェスターにはまり込むのはおぞましいことだからです。—ブラッドフォードは周囲がすばらしく、すばらしい家庭生活で他の町よりも優れています。」(SB I/220)

と書いているように、ヴェールトはブラッドフォードは牧歌的な田園地帯にある田舎町だと予想し、そこでは静かな生活が送れるだろうと考えていた。しかし、彼の希望は現実のブラッドフォードで完全に裏切られることになる。彼は赴任旅行後まもなくピュットマンの求めに応じて、紀行文『イングランド紀行』を『ケルン新聞』に連載しているが、その第三章「工場町」でブラッドフォードの印象を次のように伝えている。

「フランス人だったらイングランドの工場町には三日ほどいて、それから死んでしまうだろう。［中略］ドイツ人だけがまるまる半年以上もそこに留まって一度だって頭がおかしくならないことを恥ずかしいとも思わないのだ。

イングランドの工場町は市外からは大きなモグラの盛土のように見えるが、町の中からは汚れて見える。［中略］不意に我々は深い谷の端に立っていた。我々の眼は下を覗き込もうとする。厚く暗い灰色の霧がすべてを覆い隠している。その中で灯りや明るく燃え上がる炎が不気味に輝いている。乱れた轟音がつんざくように耳を打つ。［中略］ここがイギリス人が艦隊に乗せて世界中に送るあの大量の商品が生産される場所であることを示している。」

（*KöZ* Nr. 82. 22.3.1844）

名前は明記されていないが、「谷」という言葉からヴェールトの赴任地ブラッドフォードであることが分かる。この描写に見られるように、ここはすでに彼の目にはロンドン以上の悲惨を背負った町に映っていた。この章が掲載されたのは一八四四年三月二十二日で、ここに住むようになって、すでに三ヶ月が経とうとしており、この町の様子が少しずつ分かって来ていた。しかし、ブラッドフォードは、この時の認識を超えた、ロンドン以上に想像を絶する、産業革命の悲惨と栄光を一身に背負った都市だった。後にヴェールトはこの町への認識を深め、後年まとめた『イギリス・スケッチ』において、ブラッドフォードの町がある谷間へ降りてゆく様子を、次のように激しい語彙を使って、述べている。

「われわれが驚いて周囲を見回している間、馬車はうまずたゆまず谷に向かって転がって行く。先に進めば進むほど、ますますぎっしりと家々が道路脇に密集し、暖炉の煙がますます黒く不気味にわれわれに向かって押し寄せて来る。［中略］太陽は高く上る煙が崩れ落ちると暗くなる。明るい日中に突然夜になるのだ。―するとわれらが馬は道路の舗石を蹄で叩く。汚く、悪臭のする町の薄暗い路地に止まる。われわれはブラッドフォードに着いたのだ。

［中略］私はこのおぞましく不可思議な町が与えた最初の印象をいまでもよく覚えている。まるで何よりも地獄へ直行したような気分になった。イングランドの他の工業都市はこの巣窟に比べればどこも楽園のようなものだ。ブラッドフォードではまさしく正真正銘の悪魔の元に立ち寄ったのではないかとだれでも思う。」（SW III/164f.）

他国に先んじて開始した産業革命によるイングランドの繁栄は他のヨーロッパ国民にとって関心の的だったが、実態は充分に知られていなかった。このような実態は早々にヴェールトに嫌悪感を生じさせている。この時期弟フェルディナントに宛てた書簡でも、

「一ヶ月来僕はすべてのイングランドの工場町で最も陰鬱な町、ブラッドフォードに滞在し、かなり頻繁に我らが美しきドイツを想っている。―『この国にとどまりて真実を糧とせよ。』これは本当に良い箴言で、心にしかと銘ずるべきだ。一年後にはイングランド語を徹底的に学んでいて、物静かに立ち去ることを望んでいる。―帳場のことは君は知っている。どこでも同じゴミ同然だ。そいつを片づけたら、僕は走って家に帰る。［中略］ここでは昼と夜がなくなり、しばしば正午に真っ暗になる。大量に地面に落ちかかる霧のせいだ。それから君は知らなければならないが、数千の工場の煙突が煙を吐く」（SB I/237f）

と述べ、この町の悲惨さを伝えるとともに、早々に立ち去りたいとも言っている。しかし、この段階でブラッドフォードに嫌気がさしたのは環境の悪さだけではない。普段の生活の楽しみのなさも理由の一つである。一八四三年十二月にブラッドフォードの新しい職場に勤務を始めてからのヴェールトの眼にはイングランド人の生活ぶりもまったく退屈に映った。彼は母親に宛てて「人々はみんな敬虔です。ブラッドフォードには工場と教会しか見当たりませ

ん。人々は一日中帳場に立ち、夜は部屋に引きこもっています。僕も同じです。ここには社交界もパブも劇場もないから」とか、「全住民が一週間ずっとこれ以上ないほど非常な緊張を要する仕事に従事し、日曜日はこれ以上ないほど熱心に教会に通うのです。人々はお祈りと仕事しか知らず、彼らの考えがそれ以上先に行くことは稀です」とか伝えている。ヴェールトが最初に寄宿した家庭もこのようなイングランドの典型的な信心深い人々だったので、後にほうほうのていでそこを逃げだす。イングランドの人々に対してもヴェールトの見方は冷たい。

「イングランド人にはポエジーはありますが、音楽がありません。［中略］それは力強くたくましい国民です。彼らに驚嘆し、それでも哀れまねばなりません—なぜなら彼らは楽しみや喜びというものを知らないからです—彼らは歌うことも、快活でいることもできません。最も富裕なイギリス人でさえ、最も貧しいラインラント人に比べれば哀れな人間なのです。」(SB I/242)

もちろん、このようなヴェールトのイングランド像はまだ皮相であるし、一面的である。だから、この見方は彼のブラッドフォード滞在が続くにつれて次第に修正される。しかし、それでもブラッドフォードはロンドンと比べ、大英帝国を裏から支える工業都市として悲惨な状態にあり、ヴェールトは他のドイツ人とは異なって、その裏の隅々まで観察するようになり、次第にその見方を変えていく。

ヴェールトが赴任した当時のブラッドフォードの状態を特徴づけることに「リトル・ジャーマニー」と呼ばれるほどにドイツ系の商社がこの地にあって、必然的にドイツ人が数多くいたことが挙げられる。ヴェールトの働いた商社もそのようなものの一つであり、同僚にもドイツ人がいた。彼はそのような同胞に批判的な視線を投じる。

「ここで出会うドイツ人は悲しそうな商社の店員たちばかりです。彼らはたくさんのお金を稼ぎに来ただけで、まさにドイツ人であることを恥じて、無理やりイングランドの慣習や風俗を身につけています。」(SB I/242)

彼のブラッドフォードでの交友範囲にいたドイツ人は職場で知り合った人たちに限られ、彼のほうから積極的に付き合うことはなかった。

二

ブラッドフォードはイングランド中部のペニン山脈の丘に囲まれた地域にあり、三つの川が合流する谷間に位置する、ヨークシア州の中でも美しい自然に恵まれた町だった。十九世紀初めになってもこの雰囲気が残っていたが、繊維工業の機械化が本格的になるにつれ、他の類似の都市にもまして急速な発展を遂げた。町の人口の推移をみても、一八〇一年には一万三〇〇〇人余りだったのが、四十年後の一八四一年には七万三〇〇〇人余りに増え、さらに十年後の一八五一年には一〇万三〇〇〇人余に増加している。繊維工業関係の工場の数も一八四一年には六七、一八四四年には八〇を超し、一八五〇年には一三〇にまで増加した。(1) 町の様相の激変ぶりは単に人口の急激な増加だけでなく、一八四一年にはブラッドフォード以外からの移住者は住民の八人につき一人に過ぎなかったのに対し、一八五一年になると移住者の数が住民の約半数にも達したことからもうかがい知ることができる。このような事態はブラッドフォードの町の性格も変える。この町に周囲のウェスト・ライディングやランカシア地方、スコットランド、南西イングランドから人々が流れ込んで来たが、特に人目を引いたのがアイルランドからの移住者である。一八四一年から一八四五年の間にはアイルランド人はブラッドフォードの人口のじつに約一六パーセントを占めていた。(2) このような人口の急激な増加はひとえに産業革命の進展に伴う、工業の拡大に伴って生じた労働者の急増に拠っている。ヴェールトがブラッドフォードに滞在した一八四三年末から一八四六年半ばまでの約二年半はこの町がイングランド梳毛工業の中心地として著しい発展を遂げ、その頂点に到達した時期に相当する。都市の人口に占める外からの労働者の比率は極めて高くなった。また、このようにして増加した労働者の境遇はそれまでの暮らしぶりとは大きく異なって来る。

ヴェールトはすでにそこで働く労働者の暮らしぶりや必然的に生じている悲惨な状況を見ている。

「それは国の内部の小さく、忙しく動き回る蟻に過ぎない。さらに半時間慌ただしい営みが続き、最後の商売が閉じられる。すべてが足を引きずるように帰宅し、通りは人気《ひとけ》が無くなる。［中略］死ぬほど疲れた労働者は半ば眠りながら夕食をとり、工場主は暖炉の側で頭を新聞に埋めてうずくまる。商店は次第に閉められ、一日が終わる。十乃至十二時間人々は労働し、非常に慌ただしく金銭獲得に奔走する頭が力なく垂れ下がり、精神が疲れ果てて死に、休養の時間を味わう力ももうまったくなく、人々はただ力なくうずくまって眠ることができるだけで、すぐに前の夜が閉じたのと同じように悲しく新しい朝が始まることは驚くべきことだ。」（*KöZ* Nr. 82. 22.3.1844）

労働者は「長年の単調な労働」に精神的にすっかり潰されているようにも見える。だから「路上で挨拶の声が聞こえず、野原や森で歌声ももう聞こえない」（*KöZ* Nr. 82. 22.3.1844）。そのような状態は大人だけではなく、子供にも及び、皆が死んでしまったような雰囲気である。彼が労働者の悲惨だけでなく、工場主さえもが何かに追われるように、金銭獲得を求めて慌ただしく一日中走り回っていることにも眼を向けていることは重要である。なぜなら、労働者の貧困は単に工場主の人格に由来するのではなく、それを生み出す社会構造があるからである。

前述の『イングランド紀行』の第七章「工場労働者」(*KöZ* Nr. 218. 25.83.1844) では産業革命を支える労働者が話題になる。そこに見られるのは『イングランド紀行』のそれまでの文章に述べられていたこと以上に悲惨な労働者の生活の実態である。『ケルン新聞』の編集に携わっていたピュットマンは連載が始まってから、ヴェールトへの手紙の中で「貧しい労働者の生活について［中略］自然な色で忠実に本当のことを」(SB I/255) 書くようにと依頼している。ヴェールトはそれに応じるかのようにこの章で工場労働者の実態をスケッチする。イングランドの労働者は朝五時には起き出して働きに行く。彼が帰宅するのが十二時間働いた後であるように、仕事は長時間の重労働である。しかし、それでも彼らの生活は必ずしも貧しいだけではない。

「飲食や衣服に関してはイングランドの労働者はかなりいいと告白しなければならない。賃銀が彼に肉や白パン、そしてビールを確保する。だから食べ物の不安が彼を不幸にすることはない。ただし、商業がうまく行き、彼に仕事がある限りでのことだが。」(*KöZ* Nr. 218. 25.83.1844)

ヴェールトはドイツの労働者と比べてイングランドの労働者が豊かであることを指摘する。しかし、労働者が得られる豊かさは恒常的なものではなく、いつも景気の波に左右されているという古くて新しい事実を付けて認める。それでも、僅かばかりの豊かさにも貧困はついて回る。

「しかし、それでは一体何によって彼の本来の悲惨が存在するのだろうか。確かに不幸をもたらす十二時間に拠っている。それは確かに彼に生活費を保証するが、何年か後にはもう肉や白パン、そしてビールにもかかわらず彼の体を弱らせることが非常に多く、彼の心も抑えつけるので彼はやがてただ動物のように、感覚も理解力もなくなりその日に栄えたかと思うと、最後には惨めにも萎んでしまうような存在に似ているのである。」（*KöZ* Nr. 218. 25.83.1844）

過酷な長時間労働により、労働者は老齢にいたらないうちに体をこわし、やがて死んでゆく。単調で厳しい労働ゆえに労働者は週末になけなしの賃銀を手にすると酒に使ってしまい、体の衰弱を早めてしまう。労働がつらいので酒にうさを晴らすことしかできない。彼らはそんな生活を送っているがためにやがて早々と仕事に耐えられない体になってしまうのだ。ヴェールトはこのように産業革命期の社会における労働者の悲惨を理解している。だが、労働者の側がそのような状態にただ受動的に甘んじているのではないこともすでに描かれる。労働者は週末に賃銀を受け取るとき「我々はお前に我々の労働を与える。お前は我々にお前の金をくれる。感謝は悪魔にでもさせろ」と彼らが考えているように彼には見える。彼の観察はそこにとどまらない。その眼はこんな工場町の路上にいる予供たちにも向けられる。イングランドの工場街ではみごとに赤いほっぺたの子供たちが大勢見受けられる。彼らは早く死んでいく労働者の後をすぐに補充する予備軍である。労働者の置かれた悲惨な状態を改善しようとする試みがなされないわけではない。幼い労働者のために十時間労働のための法案が提出されたこともある。しかし、この工場法は議会で否決されてしまう。このような、ヴェールトが体験した、ブラッドフォードをはじめとするイングランドの労働者階級の実態については、次章においてさらに詳しく見ていくことにする。

三

『イングランド紀行』でヴェールトが描写するのは産業革命によって生まれた社会の変化の側面だけではない。第四章「ヨークシア山地のクリスマス」（*KöZ* Nr. 83 24.5.1844）では田舎のスクワイヤーが家族や使用人、そして周辺に住む人々と一緒にクリスマスを過ごす、工業地帯とは異なって自然が溢れる牧歌的な情景、そして中産階級であるスクワイヤーの暮らし振りが描かれる。そこでは伝統的なイングランドの身分制社会についても述べられ、前章の工業化された社会とは対照的である。しかし、それも当時のイングランドの現実であった。ヴェールトはその次の章の「敬虔な家庭」ではブラッドフォードで最初に寄宿した家庭での体験をもとにして、信心深いが、狭量で視野が狭く、自分の身近な周辺しか知らないイングランド人の一家を登場させる。彼らはドイツをまだキリスト教すら伝わっていない未開の土地だと思い込んでいたが、ドイツからやって来た寄宿人が聖書を知っていることが分かり、胸を撫で下ろすのである。このように異国のことを全く知らず、ただ憶測や狭い知識に頼って生きている人々は、ヴェールトのように「旅」によって見聞を広めた人々とは対極にある。

伝統的なイングランド社会の次の場面はヨークシア地方の歳の市である。庶民的な市によくある曲芸や屋台などの様々なものに人々が群がり、それぞれに歳の市を楽しんでいる。そこには農夫や労働者の一群の姿もある。前者は「頬が赤く、堂々として栄養も充分」だが、後者の工場労働者は「青白く、汚れていて、ぼろを着ている」。ここへやって来る庶民の暮らしにもあちこちに産業革命の影が見られる。

四

ブラッドフォード時代のヴェールトにとって重要な役割を演じた人物が三人いるが、その一人目がエンゲルスである。エンゲルスはヴェールトよりも約一年早い一八四二年十一月にブラッドフォードに近い、同じような工業都市マンチェスターに移住している。ドイツの進歩派の人々から息子を遠ざけようとした父エンゲルスの意向で父親が共同経営をしているドイツ系商社に勤めるためであった。しかし、エンゲルスは親の意図に反するかのように、このマンチェスター時代に産業革命の先進国であるイングランドの実態を知り、調査と研究を進めて、自己の思想的基盤を確実なものにした。この時の成果が『イングランドにおける労働者階級の状態』に結実したことはよく知られたことである。

エンゲルスの出身地はライン河の支流の一つヴッパー河の谷間にあるバルメンであるが、ヴェールトの先祖も代々この地方に居住し、エンゲルス一族と同様に商業を家業としていた。詩人の父親だけが家業を離れ、聖職者になっていた。したがって、ヴェールトが商業に従事することは父祖の家業に戻ったにすぎず、何ら不思議なことではない。同じ地方の同業一族として、ヴェールトとエンゲルスの両家系に姻戚関係が生じたことも当然のことで、実際にその事実も確認されている。またヴェールトが商人修業に就くために家族の元を去って、バルメンの隣町エルバーフェルトに赴いたときエンゲルスはまだバルメンにとどまっていたので、「はじめに」で述べたように、そのときに両者の出会いがあった可能性もあるが、その事実は確認されていない。二人の出会いが確実なのは両者のイングランド時代以降である。ヴェールトの書いたものに初めてエンゲルスのことが現れるのは一八四四年五月のことであり、そのときは単に「あの薄暗い町に埋もれているドイツ人哲学者」（SB I/258）とのみ記されているが、同年七月六日の母親宛て書簡では「友人のエンゲルスと一日中歩き回って、広いマンチェスターを研究した」(SB I/261) ことが述べられ、すでにこのときにはエンゲルスとの交友が始まっていることが分かる。この交友はエンゲルスがマンチェスターを去り、ヨーロッパ大陸に戻る一八四四年まで、主にヴェールトが週末ごとにマンチェスターを訪れることで続き、のちにヴェールトがエンゲルス、さらには彼の盟友マルクスの後を追うように大陸に戻ったブリュッセル時代、共に編集に携わった『新ライン新聞』時代、さらに三月革命の敗北後ヴェールトが客死するまで続く。

二人のイングランド時代は大いに実りあるものだった。特にヴェールトにとってエンゲルスから学んだことや啓発されたことが大きく、理論面で確固たる見解をもつことができたのは、エンゲルスとの楽しい語らいや彼に教えられ、あるいは彼から借りた数々の書籍であった。それは、

「私たちにはアウクスブルクとハンブルクの新聞があり、その他にも新しい本をいつもマンチェスターから手に入れていますが、それは友人の一人がスイスから取り寄せているものです。」(SB I/263)

と述べられているように、エンゲルスがヨーロッパで最新の社会主義思想などをヴェールトに伝えたのである。もちろんヴェールトにはイングランドに渡ってくる前から革新的な思想に関心をもち、世の中の不正に対する憤りを感じる性向があったのだが、このイングランド時代に思想が明確な形をとったのは彼の精神的な成長に併せ、社会の実態の観察や、その観察力を養った理論的な勉強が大きな力となったことによる。ヴェールトは当時の青年たちの例に洩れず、哲学、特にフォイエルバッハを読み、その現世を肯定する世界観に感激する。

「この冬フォイエルバッハを読んだ。彼は瀕に完全な革命を起こした。彼は僕が理解できる最初の哲学者だ、その

影響は莫大なものになるだろう。」（SB I/305）

さらに国民経済学の勉強を始めたこともヴェールトの思想に重要な意味をもつ。

「いま僕の主たる勉強は国民経済学だ。アダム・スミスを僕はほとんど読み終わって、それから力強く他のごろつきどもに、マルサス、リカードウ、マカロックにとりかかる――嘘とナンセンスで満たされた本ばかりだ。」（SB I/305）

このような見解はヴェールトの考えがすでに国民経済学の枠組みを超え、社会主義的な経済学への歩みを始めたことを示唆している。彼はブラッドフォードに到着して一年後にはすでに「お金があるところに悪魔がいる。しかし、お金がないところには悪魔は二倍いる」（SB I/281）と書いて社会が資本に支配されるさまをとらえている。商社の帳場に立ち、商取引の現場にかかわることで毎日を過ごすヴェールトにとっては国民経済学はまた違ってみえたのかもしれない。ドイツでの修業時代と併せ、このブラッドフォードでの経験は、後に「小説断片」や小説『ドイツ商業生活のユーモラスなスケッチ』(3)に登場する資本家プライス氏や周囲の人たちの姿に反映される。

五

産業革命の時代、工業化が進むにつれてイングランドでは新たな階級、すなわち労働者階級と中産階級が生まれ、さらには前者から「貧しい階級」が成立するが、それもその工業化にこそ原因が求められる。

「工業の発展が『貧しい階級』の成立に最初の一押しを与えたように、それはこの階級の貧困がより決定的に、そして先鋭に出来上がったことの原因でもあった。」(SW III/381)

と述べているようにヴェールトの観察は単に困窮の事実だけでなく、それの原因を本来幸福をもたらすはずの工業の発展に求めており、工業の発展が労働者階級や資本家階級を生み出すだけでなく、その階級対立の原因となる、労働者階級の窮乏化をもたらすものだとの認識も持ち始めているのである。

次に注目すべきは産業革命による生産力の拡大が生産物、すなわち商品の、いわば、捌け口についての観察である。工業の発展による商品の生産は常にそれを受け取る、すなわち消費する相手を必要とする。しかし、製品の供給と需要はいつもバランスがとれているわけではなく、とりわけ近代的な資本主義経済の初期にあたる、ヴェールトのイングランド滞在期間の一九世紀にそれに対応する充分な措置がとられたわけではない。常に景気の波があり、生産過剰になると商品価格が暴落し、多くの工場が倒産し、多くの労働者が路上に放り出される。商業恐慌の発生である。それが底をつくと再び景気が上昇するが、一定期間が過ぎると、また生産過剰になり、同じことが繰り返される。(4)

イギリスという国の内外で起こる様々な出来事は各事件のみを見ると相互の関連性がないように見えるかもしれな

い。しかし、ヴェールトの眼にはこのようなすべての出来事は相互に絡み合っているように見えていた。

「さて、最近のイングランド史の主要な二つの遠い要因について論じよう。凶作と自由貿易措置である。これらはあまりに互いに連動しているので、一つずつでは扱えない。

鉄道制度の発展をあえて中国の戦争に結びつけるように、一八四五年と一八四六年の凶作を反穀物法同盟に結びつけることができることはずっと正当であると思うのだ。」(SW III/399)

ブラッドフォードに住み始めて、ごく早い時期にエンゲルスに会い、現状に対する認識をすでにこのような所まで深めていたが、彼が体験する労働者の実態はもっと悲惨な状況にあった。次章でさらに詳しくそれを見ていくことにしよう。

第三章　プロレタリアート

一

ヴェールトはブラッドフォードで同郷人との接触はできるだけ職場だけにとどめ、その分だけ余計に土地の人々と交わり、この工業都市を観察することに努めた。その導き役を担ったのが当時ブラッドフォードに住んでいたスコットランド人医師マクミキャン（生没年不詳）である。詩人と医師の出会いは一八四四年の七月頃と推定できる。彼はその出会いの模様を母親に宛てた書簡の中で次のように伝える。

「最近私にイングランド語を教えてくれる医者を見つけました。その代わり私が彼にドイツ文学を教えます。」(SB I/262)

すでに前章で一部見たように、ヴェールトはブラッドフォードの悲惨な状態を自分の目で見て、ルポルタージュを公《おおやけ》にしているがブラッドフォード滞在の後半に当たる一八四五年以降にヴェールトがイングランドについて書いた文章はその何《いず》れもが社会の底辺に住む労働者たちの現実に取材したものであり、『イングランド紀行』でとおりすがりに目にした彼らの実態がさらに鋭く抉《えぐ》り出されている。それはとりもなおさず彼がマクミキャンと一緒に貧しい労働者が住む町の一角を歩き回った成果なのである。

マクミキャンは常日頃ブラッドフォードの貧民街を診療に歩き回っていたが、ヴェールトはよく勤務の無いときに彼の後をついてイングランド有数の工業都市であるこの町の裏側をのぞき込む。


「私はしばしば医者（＝マクミキャン）を訪ね、人間社会の改善について話をします。私たちは一緒に病院や矯正施設を訪ねます。」（SB I/271）

マクミキャンがヴェールトを連れて歩いたところとして、この他に救貧院や夜間の飲食店、簡易宿泊施設がある。いずれも貧しい人々が収容されたり、避難する場所である。これらは同じ町中なので、誰にでも接する可能性はあったが、多くの人はむしろ避けて通る。それをあえてヴェールトはマクミキャンについて裏通りを歩く。


「世界の偉大なものや美しいものを享受するのは簡単なことだ。しかし、それを作りだした溜め息と涙のことは尋ねないように。

ブラッドフォードに滞在していたとき、私は富裕なイギリス人が工業の偉大さのために払った犠牲を数え上げるのに最適な機会を得たことがある。それを分からせてくれるいくつかのことは読んでいたが、私はすべてを自分の眼で見ようと思ったし、ふつう工場街の最悪の路地をさっと通り抜けると気がつかないことをたくさん見たいと思った。

だから私は、朝から晩まですべての労働者住宅を歩き回らねばならない一人のスコットランド人医師について行った、それがあの壮大な芝居の舞台裏に入る最善の方法だった。芝居にあふれる豪華さや豊かさは舞台裏にどん

な困窮とどんな絶望が満ちているかを忘れさせることがあまりに多いからである。」(SW III/196)

このような動機から、ヴェールトはマクミキャンについてブラッドフォードの町を歩き回る。

「ある夕方私たちはふだんより長く下町の飲食店に座っていた。そこへ亭主がやって来て、医者に、『白い家』で若い女性が今余分な人間をこの世に一人増やそうとしているところです。だから先生は出かけて助けてやらなければなりませんと伝えた。」(SW III/197)

彼が連れられて行ったのは「白い家」と呼ばれる、住むところがない人々が一夜の寝所を求める安宿だった。

「そこはすべての不幸な人々にとって二ペンスで六時間眠れる避難所として役に立っている。それは次のような次第である。つまり、夜十二時にバーの喫煙と飲酒用にしつらえられた部屋から全部の椅子やベンチが遠ざけられる。暖炉でかなりの火が焚かれて、石の廊下が掃き清められ、周囲の壁に沿って掛け布団や藁布団が敷かれる。飲酒や喫煙のためだけに来た客は立ち去らなければならない。睡眠を願う者は二ペンスで横になる権利を持つ。それは儀式抜キで行われる。男たちや女たちや子供たちは衣服を脱ぎ、バーの板壁にそれを掛けて、ふつうは決定的な六時間をできるかぎり利用するように苦心する。つまり亭主が時間にはとても厳格で、朝近くになると全体にガタガタ物音を立てるのを怠らないのだ。進んで寝床を去ろうとしなかったり、さらに三時間分の一ペニーを払おうとしても力で片づけられてしまう。ふつう朝近くになると新しいお客、つまりどこか他にいた酔客が寝にやって来て、今よみがえったばかりの温かい寝床を奪ってしまうのだ。[中略]

私が眠っている人たちを見ている間、医師は隣室に赴いて極度の困窮にある哀れな人物を助けていた。亭主はこれが彼の家で起こったことを残念に思っていた。しかし、その女は部屋を立ち去ることをきっぱりと断った。彼女は救貧院や病院をひどく怖がっていた。私はドアに近づいたが、マックは笑いながら私のほうにやって来て、うまく全部片づいたと言った。

その若い女性は工場労働者の夫と一緒に六週間もの間仕事を見つけられずに、辺りをさまよっていた。それで二人はヨークシアに来て、さらにマンチェスターまでたどり着こうとした。お金はとっくに出払っていた。二人は夜はふつうは納屋に、あるいは乞食をしていくらか集まったときは最低ランクの酒場に庇護を求めた。夫が私に断言したところでは、彼らは鉄橋の下で一晩過ごしたこともあった。しかし、二人はこのような生活方法を矯正施設に残ることよりも好んだ。彼らは矯正施設をとても怖がっていたので、それを考えるだけで嫌悪感で一杯になった。」（SW III/203f）

彼が目の当たりにしたブラッドフォードの実情はまさに想像を超えていた。居住環境の劣悪さに加え、労働条件の悪さ、一八三四年以来施行されていた救貧法が労働者の生活を哀れなものにしていたのである。新救貧法とセットになっていた救貧院《ワークハウス》や矯正施設は家族をバラバラにし、夫婦子供が分離収容されるなど、非人間的な側面が強く、プロレタリアートから蛇蝎《だかつ》のごとく嫌われていた。彼らの目には新救貧法は救貧税の負担を少なくするためのものとしてしか映っていなかった。イングランドの支配層は貧困問題の解消のために、エリザベス一世以来の救貧法を改定し、それに基づいて浮浪者のためにを救貧院を作っていたが、「白い家」で出会った女性は「救貧院や病院をひどく怖がっていた」し、そこは「不幸な人の傷が癒やされる場所では決してない。傷は逆にさらに開かれてしまう」（*RhJb* I/323）場所だと彼は指摘する。支配層が持つ貧困層に対する見方の不充分さ、何故彼らが貧しいのかということへの理解の不充分さを指摘する。彼らの困窮の原因は、必ずしも彼らが怠惰なせいではなく、社会構造にも求められる。やがて労働者は家族ぐるみで路頭に放り出され、やがては家族がばらばらになって救貧院や矯正施設に放り込まれる。当時の救貧法によれば貧困は貧民自身のせいであるし、手厚い保護政策は彼らに怠け心を起こすだけであった。したがって、労働者にとってはそこに収容されることは人間として誇りを傷つけられることでもあったので、彼らは何とかその事態を避けようとし、場合によっては死を選ぶことも稀ではなかった。

「飢餓がペンバートンを絶望に追い込んだ。彼は外出し、命を絶つために毒薬を入手した。大量のラウダヌムを服用した後、彼は自分が何をしたか妻に伝え、貧困が強制したのだと言った。」(*Rh JbI* 前掲)

まさに「お金がないところには悪魔が二倍いる」という、ヴェールトの言葉通りである。

二

労働者を巡る労働条件も非常に厳しい。

「労働者を破滅させるのは劣悪な就業時間だけではない。いや、労働者は主人の気まぐれや彼自身の階級内の競争にも、特に労働者の手を機械に置き換えるための一つ一つの発明にも苦しんでいる。劣悪な就業時間は当然いつも貧困の主な原因である。商品の売れ行きが滞り、芳しくない展望がすでに大きすぎる生産の拡大を不可能にするとすぐに一日あたりの労働時間が二三時間少くなって、賃銀の減額をもたらし、最後は完全に働くことをやめて、その結果賃銀はすべてストップし、まさしく労働者が路頭に放り出され、好都合な時期が来るまでどうにか切り抜けられるのは、彼の明敏さ次第なのだ。」（SW III/208f）

労働者は労働力を代価に生活をしていかなければならないが、労働環境はまことに厳しい。もちろん労働時間の長さが苦しめていることは言うまでもない。朝くらいうちから深夜まで十二時間労働が当たり前で、十時間労働法案もこの後の問題だった時代である。技術革新も不況も彼らにとっては大敵である。技術革新は労働の苦しさを軽減するはずであるが、現実には、労働時間の上限が設定されていない限り、労働時間ではなく雇用される人員の減少になる。不況で生産を減少させざるを得ないときにも同様である。さらに必要な人員の減少は労働力過剰ということで、労働者間の競争を激化させる。より安い賃銀で働くことを競い合うのである。

「労働者自身の競争が彼らの永遠の不幸の第三の理由だ。すでにあらゆる点で抑圧された彼らが、最後は困窮のためやむを得ず、互いに折り重なって相手の手からパンの最後のかけらを奪い合わねばならないのだと考えるとゾッとする。自分の眼で見なければ、労働者間の競争そのものは分からない。私はかつて一人の亜麻糸紡績業者が突然値段を引き下げ、同僚のだれよりも大きな取引に成功したことを今でもよく覚えている。糸を他の誰よりも安く売ることがどうしてこの人間にできるのか私には理解できなかった。彼はお金がなくて、そうしたのではない。とても裕福な男だったのだから。」（SW III/209）

資本主義に不可避な景気の波に労働者はつねに翻弄される。ヴェールトの認識には好景気のときに労働者が受けとる富の配分もしっかりと加えられている。

「ウステッド工業の労働者たちは丸々二年間仕事をして、高賃銀を喜んでいた。［中略］しかし、この素晴らしさは、商業がうまくいくかぎりでしか続かない。好景気がお終いになるか、あるいは病気や他の事故が労働者に降りかかるとやがて床から絨緞が、椅子からクッションが、椅子自体が、ベッドが消え、テーブルに肉やエールを探しても無駄になる。」（SW III/206）

だが、この労働者間の競争の中身を検討するとすれば、二つの点に注目しなければならない。一つはイングランド人とスコットランド人やアイルランド人との競争で、後者はより低賃銀で働き、イングランド人からより一層憎まれる。アイルランド人のことについては第七章で詳しく見るが、もう一点の競争は成人男性と女性や子供との競争である。細かな手作業がある繊維産業では、太い成年男子の手は不利だった。また、児童労働の制限もまだ行われていなくて、男は不利な競争に立ち向かわざるを得なかったのである。

「だから労働者はどうあがいてみても、短期間の繁栄が過ぎると彼らはまた貧困に陥ってしまい、例えば恐慌の後はいつもそうなのだが、もっと頻繁なもっと危険な病気によって人生の盛りにある数千の人々の命が奪われてしまうのだ。

イングランドの労働者の苦しみはいつも続いていて、そもそもそのようなことに気を配る新聞紙上ではほとんど毎日あちこちの州で起きたドラマに出会う。つまりあらゆる貧困が、例えば羊毛業の全般的な改善によって無くなると信じるなら、これまでひょっとしたら栄えていたかも知れない木綿工業地域でも、羊毛工業地域で終わったばかりのと同じ大騒ぎが再び始まったり、あるいは逆のことが起こる。全部門でそんなふうであり、毎年毎年そんなふうであり、世代から世代へと没落して、今は金持ちの幸福が育ち、しかし、ひょっとしたら、いつかは金持ちの

破滅が育つかもしれない、あの巨大な樹木の根っこを養うのだ。」(SW III/210)

一方でブルジョワジーと労働者の関係はどのようなものだったのだろうか。

「工場主と労働者との関係は大抵の場合とても野蛮で、農夫と雄牛の関係とほとんど違わない。実際に後者は元々前者よりも親密である。雄牛の持ち主には家畜のその時々の仕事ぶり以外にも牽き牛の健康状態がとても大事にちがいない。彼は牛をできるだけ長く存分に働かせることができるように牛を保護する。それに引き換え工場主は労働者を機械のように見ているだけで、その時々に利用することだけが重要で、労働者が消耗することは全くどうでも良いことである。実際それは毎月別の方法で、しかも余計なコストもかけずに置き換えられる。工場主が労働者のことを言うとき、人間のことのようには決して言わない。彼は労働者のことを『ハンズ(手)』と呼ぶのだ。」(SW III/219)

労働者のことを「手《ハンズ》」と呼ぶのは両者の関係をよく象徴している。対等な人間とみられていないのである。

三

さらに、労働者の住環境はどのようなものだっただろうか。ブラッドフォードのブルジョワジーは、次章で見るように、ブラッドフォードの町が工業の発展にともない、工場が増えて旧来の市街地を埋めて、環境が悪くなると丘の上に避難していき、どんどんと郊外へ出て行くが、そのような能力のない労働者は、やむを得ず、ずっと同じ、劣悪な住居に住み続けなければならない。民衆の集会は委員会を作って、そのような労働者の住宅調査を行う。その報告はおぞましい調査結果を伝えているが、ヴェールトの「イングランドの労働者」はスペースを多く割いて再録している。その一部を見てみよう。

「細目には報告例の一つ一つの通りと家屋番号が記載され、家族構成員の数、それぞれの住居の部屋の数、就労している人間の数、女性や少女の数、ならびにそれぞれの部屋の寸法と仕事で利用される素材の種類が挙げられている。

報告から手当たりしだいに取り出してみよう。

例六　キャノン通り。十一人家族。五人が女性。七人が三部屋からなる自宅で働く。六人は寝室で働く。換気悪し。排水口無し。豚小屋。汚物。

例七　貿易通り。法外に不健康。耐えられない暑さ。三人の男性と一人の女性が寝室で働く。しばらく前に父親と息子の二人が燃え続けた石炭のせいで死亡しているところを朝になって発見。

例十三　同所。二つの部分からなる地下室。舗道よりも三フィートも低い。排水口無し。絶えず悪臭。灰と汚物がドアの前に山積。少し前に成人男性一人がこの地下室で窒息死。

例十五　同所。女性が一人瀕死状態でベッドにいる—同じ部屋で四人が働く。部屋は地面の三フィート下にある。

例十五　水車土手。町の下手にある。近くの工場から押し流された汚水や泥土によって次第に出来上がった暗渠の隣。その地域全体に水が滞留するためにものすごい悪臭とひどく汚れた空気。ここでは住居全体で石炭を焚きながら仕事をする。そして人間がぎっしりと詰め込まれて、三十三人に対しベッドが七つしかない。

例十六〜十八　道路がここで非常に狭くなる。暗渠から上ってくる危険なもうもうたる空気の他、住民は住居が両側を非常に高い倉庫や工場が聳えて、光をほとんど全部奪われ、苦しんでいる。ここではほぼ全員が病気。ここの十二軒の住宅に九十五人が居住。彼らには二十三部屋と二十四台のベッドしかない。従って一つのベッドに四人である。例六では兄と妹が働き、寝ていた。部屋が一つにベッドが一つである。妹は最近家を出た—彼女は妊娠している。

例二十一〜二十五　前と同じ悪弊。五つの住居に五十五人。九つのベッド。従って一つのベッドに六人以上。〔後略〕」(SW III/226f)

なんという住環境だろうか。これが繁栄を下から支えている多くの労働者の実態である。これをもたらしているのはすでに上で見たような労働者の労働実態であり、工場主の考え方である。

四

『イギリス・スケッチ』においては困窮のあまり自死する労働者、希望が持てないため恋人を殺し、自分も後追い自殺をしようとした若者や困窮のあまり無理心中を図り、子供だけを死なせてしまう母親のことすら描写されている。若者は殺人罪で処刑され、嬰児殺しの母親は子供を死なせた罪で島流しの刑罰を受けることになる。勿論このような労働者の状態にイングランドの政治家や政府が手をこまねいているわけでは決してない。新しい救貧法を制定し、矯正施設や救貧院《ワークハウス》を設けたが、すでに見たように、貧しい人々は自尊心から、そして施設の劣悪な現状から、そこに収容されることを殊更に嫌った。だが、このような貧しい人々に対する中産階級の偏見は凄まじい。曰《いわ》く、彼らが貧しいのは彼らがまともに働かないからである、労働者に高い賃銀をやってはならぬ、なぜなら彼らはすぐに酒にお金をつぎ込み、浪費するだけだからだ等々。しかし、ヴェールトは彼らが日々の労働のきつさを逃れるためにこのようなことをするのだということを理解している。悲惨な境遇におかれた彼らもそもそも人間らしい感情を持ち、きちんとした生活を送ろうと努力しているが、なかなか実現しないだけのことである。

ヴェールトは先に引いた「イングランドの労働者」というルポルタージュで、紡績機の操業停止のために職を失った若い労働者のことを取り上げている。彼はそれまで持っていたなけなしの財産はすべて人手に渡さなければならず、妻は家に帰ってこなくなり、息子二人と残された。その後やっとのことで仕事が見つかるが、それは町から三マイルも離れていたので、子供たちを残して、朝早く家を出、夜遅く帰って来るという生活になった。しかし、そのうちそれまでの窮乏生活が原因で子供たちが病気になる。さんざん迷った挙げ句、彼は隣人に子供を預け、仕事に出かけるようになるが、子供たちの病気は進行し、とうとう亡くなってしまう。マクミキャンはヴェールトにこんなことは自分が診療している限りではありふれたことだと言う。ヴェールトは怒りを込めてこの事情を次のように綴る。

「イングランドの工場街では人間の価値が言葉の本来の意味でキャラコの価値と同程度に上がり下がりすることを考えると、それはとてもよく説明できる、在庫不足で商品の価値が高いときには労働者はもっと生産量を増やすために動員される。従って労働者は価値を得るし、人身が求め必要とするすべての品物と同じように値段が上がる。それに対し、在庫が充分で商品の価値が下落すると生産が制限され、労働者は解雇される―労働者は価値の高い商品であることを止め、同じように価格が下落する。このように労働者の無価値状態がかなり長い間続くと、労働者は、言い換えれば、人間がこれ以上耐えられないほど長期に賃銀が停止することで、飢えざるを得なくなり、子供たちとともに衰弱し始める。そしてたとえ飢え死にしなくても、彼らは少なくとも長い欠乏状態の結果野たれ死にして、結局のところ同じことになる。労働者の子供が蝿のように死んでも人々の注目を浴びることは全くないと私が断言する必要はあるまい。一方では両親は子供の死に満足することさえときどきある。何故なら、彼らは悲惨な時代に子供を養うことはできないからだ。他方で役人はこれらの死亡例を聞いて喜んで安心する。何故なら、実際のところ、学識があって尊敬を受けているマルサスの言葉では、過剰な人口はそうやって上手に取り除かれるからだ。」(SW III/217f)

経済学者マルサスへの評価は以上のような事例と結びついて、先に挙げた兄への書簡に記された、国民経済学への不信となっている。このことは後にまた取り上げることとしよう。

五

しかし、労働者は富裕な中産階級の人間が考えがちな、人間性に乏しい自堕落な連中ではない。本来そうなるにはそれなりの理由があるものである。つらい労働、一日に十二時間も働かねば、食べていけない境遇にあるが、その日常のつらさを酒や喧嘩等々で紛らわさざるを得ないのだ。また、そんな状態でも人間らしさを表現する人々がいる。本書第六章に登場するジョン・ジャクソンはヴェールトをイングランドの民衆運動への道を開いてくれた人物だが、ヴェールトは『ゲゼルシャフツシュピーゲル』に掲載した「イングランドの労働者の花祭り」(1)において、ジョン・ジャクソンを登場させる。彼は詩人を労働者が催す「花祭り」、自分たちが育てた花の品評会へと誘う。労働者は「町の埃、工場の煙、安酒場のむっとする空気—そして民衆集会の興奮や暴動の憤激からも、花への繊細な感覚や愛情を守る労働者は誰でも、住まいの片隅や誰か友人の庭であれ、小さな場所を探し、鍬やシャベルで入念に手入れし、さらに念を入れて肥料を施して、野地板や棒であらゆる災難を避けようと努め、高い値段で買った花の種を、チューリップやヒヤシンスの球根を地面に委ねるのだ。」(*Gesell I*)

彼らは生活に潤いを与えるために、僅かな空間でも花が植えられるところを探し出して、草花を栽培する。そして、仲間内で各自が育てた草花のできばえを競うのである。しかも、そのような催しは年に数回、チューリップ、ラナンキュラス、アスターやダリアが品評の対象になる。会場は行きつけの居酒屋の上階で、会費を持ち寄り、優勝者はささやかな報償を得る。しかし、

「この男にとってお金は問題じゃありません。いや、それは花と名付けられている小さな愛らしい物への純粋な愛情なんです。[中略]彼の手から工具を奪い、野原へと追い出して、空腹が帰宅を強いるまで、何日もあちこちさまよわせるのは、一番に咲いた花ばかりの花なんです。」(*Gesell I*)

このことは「労働者がその政治的な発展と併せて心の中に自然に対する温かい愛情という宝物を保持していたこと」を証明している。

「それよりはるかに質素な花祭りのほうがその分だけよけいに大きな意味を持っている。なぜならそれが外からの働きかけなしに民衆の中から生まれたものだからだ。そもそもそこには労働者が政治的発展と合わせて心の中に自然に対する愛情というもう一つの宝を持っているという証明があるからだ。その愛情はあらゆるポエジーの

源泉であり、労働者がいつか新鮮な文学、新しい力強い芸術を世界中に掲げることができるようにするだろう。」

（*Gesell I*）

ヴェールトはこの締めくくりの文で、労働者・プロレタリアートの将来を予見している。その原動力になった民衆運動については第六章で詳しく見ていくことにする。

第四章　中産階級

産業革命とともに新しい階級、中産階級が誕生し、成長した。労働者階級はこの階級に付随して誕生する。両階級は、必然的に相手を必要とし、相手と協力し合ったり、敵対したりしながら成長する。

ヴェールトは『イギリス・スケッチ』第六章「イングランドの中産階級」でこの階級を中心に据える。この章が「汽車の旅行がイングランドでできる最も面白い旅である」（SW III/154）という一節で始まることは象徴的である。何故なら、鉄道は、「リーズからマンチェスターまでの旅はイングランドの工業活動の最もすばらしいものを見せてくれる」からであり、中産階級は、後に見るように、鉄道投機に熱中するからである。この一節を引き続き見てみよう。

「我々は飛ぶように通り過ぎていった。ウェークフィールド、ノーマントン、ハリファクス、ストックポート、ボルトンの町を思い出すだけで、四時間で完了するこの鉄道旅行が与える印象の多様さが分かる。

この区間を走り抜け、左右に支線で幹線と結ばれている村を訪れると、ブラッドフォード、ハダースフィールド、アシュトン、ステイリーブリッジなどを訪れると、イングランドが全世界に工業製品を供給できることや、その巨大な生産力がいつも新しい市場を求めることを強制されていること、絶えざる拡張に基づいた工業のシステムが行き詰まらないようにアジア全体が転覆されなければならないことが分かるのだ。」（SW III/155）

鉄道は、木綿工業の革新から始まった産業革命の新たな展開に大きな意味をもたらした。この中産階級は、例えば、鉄道のように新しい時代を象徴する事業を意欲的に創業し、また積極的に投資を重ねて行く。『イギリス・スケッチ』の中で印象的に描写されているのは一八三〇～四〇年代に起こった鉄道投機に対する彼らの態度である。投資による利益が見込めるときには、場合によっては、むやみに資金をつぎ込み、路線計画の段階からそのための集会を開き、徹底的な議論を行って、実行に移してゆく。ヴェールトが知った、鉄道への投資と建設の様子について見てみよう。イングランドの工場町の「路上は一日中人気《ひとけ》が無く、静かだ。ほとんどすべての住民が工場か帳場にいる。どこか外の広場で特定の時間に集会が開かれるときだけ続々と人々が家から出てくるのが見受けられる。」ところがこの集会に大衆が関わるときは様相が一変する。大規模な集会が予想されるのだ。一八四五年二月十五日付けの母親宛書簡で、そんな集会について次のように報告している。

「最近こちらで鉄道集会が二、三ありました。それは途方もない寒さにもかかわらず、雪の中を戸外の野原で行われます。というのはどんな建物でも集会を収容することができなかったからです。―二つの党派が、誰が鉄道を建設すべきかと言う点で争いました。―一方の党派がすでに午後四時には勝利を収めました。すでに暗くなっていたので、もう一方の側は自分たちの主張はもうできないと誰もが予想していました。しかし、午後四時の勝者は思い違いをしていました。何故なら、打ち負かされた党派の演説者たちが突然、自分たちがそこを離れないこと、酷寒にもかかわらず一晩中でも自己主張をすると言ったからです―そして、自分たちが真剣であることを示すために、彼等は上着やチョッキを脱ぎ、上着なしで夜の十一時まで演壇に立って、それから本当に午後四時の勝利者を打ち負かし、意気揚々と町へ引き上げました。僕はこんな事は見たことがありません。演説者の紳士方の幾人かがそのために亡くなったかどうかは勿論別のことです。しかし、黄金への渇望がこの国では死や破滅に対してひるませる

ことはないのです。—」（SB I/295f）

そして鉄道投機について別の箇所でも次のように述べている。

「巨額の鉄道投資は最近二年間そのような集まりに充分な契機を与えた。そのような折りにイングランド人を見なければならない。最も堅苦しく不器用な輩でさえ演壇に立つや否や機敏に、柔軟になる。

ブラッドフォードでは一年前に鉄道に関わる集会が日常となった。ハリファクス方面に敷設される予定の鉄道が問題になったのである。二つの党派がこの計画の栄誉を争った。一方は道路を山を貫く最短の方法で目的地に通そうとした。他方は谷間を抜ける迂回路を狙った。このような場合いつも起こるように両方の党派は聴衆に特定の日に最大のホールの一つに集まるよう要求し、そこでそれぞれが各自の論拠を闘わせ、論争が終わってどちらかの計画に聴衆が賛成して発言できるようにしたのである。それは議会が許可を与える際に多かれ少なかれ世論が影響力を持つ限りで重要なことだった。記念の鉄道事業の場合このような民衆による決定は、おおやけにされる以前に計画済みの鉄道の株式に投機が行われるということで二重の重要性を持っていた。」（SW III/178f）

一八二五年にストックトンとダーリントン間に蒸気機関車による鉄道の営業が開始、一八三〇年マンチェスター・リヴァプール鉄道が開業して、鉄道の時代がやって来る。続いて一八四〇年代にイングランドでは鉄道の建設が加速し、鉄道への投機熱が高まる。まさに「鉄道狂」の時代の十年間の幕開けである。その建設は中産階級が中心になって支えた。そして、それは自分たち自身の利害と結びついていた。

「イングランドの鉄道投機は最近の最も不可思議な出来事の一つである。計画したり、投資されたりしている鉄道をすべて実現しようとすれば、六億ポンドが必要であることを考慮すれば、このような狂気じみた計画も考えることができる。この案件は鉄道制度全体がそもそも一八三〇年に始まったので、その分だけ余計に目を引く。十六年が過ぎ去っていた。それでもうそのような計画を実行しようと言うのである。見ての通り、我々はすべてが普通よりもっと急激に発展する時代に生きているのだ。」（SW III/182）

しかし、自分が目の前に見ている交通の激変は、必ずしも十八世紀半ばまでは他のヨーロッパ諸国に比べ、特別に進んでいるわけでは無く、積み荷の輸送はものすごく高くついた。そのためせっかくすばらしい炭坑があっても輸送コストのせいで、十分に生かすことはできなかった。人々はまず運河に投資することに熱中し、国内に運河網が張り巡らされる。しかし、道路事情が改善されたわけではないので、次第に運河業者の独占状態になり、「ものすごく高い貨物運賃と積み荷の粗末な扱いが目立った」。国内の工業家はこれに甘んじなければならなかったが、蒸気機関車が発明され、鉄道が本格化すると工業家たちは鉄道の敷設を決議し、既得権を守ろうとする運河業者の抵抗に遭ったにもかかわらず、建設に着手する。鉄道は単に輸送力の向上と輸送コストの削減をもたらし、工業を活発にし、人間の移動も促進しただけではない。投資した人々にも十分な利益を与えた。

「いずれにせよ、乗客輸送は最初から新しい鉄道に主要な利益をもたらした。すぐに一〇パーセントの配当が通知され、株券は一二〇パーセントのプレミア付きまで上昇した。」（SW III/186）

こうして国内にどんどんと鉄道網が広がっていく。しかし、時には暴走し、異常な投機熱によって、恐慌を引き起こし、自ら零落してゆく。世は資本主義社会の草創期であり、経済的に無秩序な状態の下にあった。自らの階級的利害のためにこのような新しい、資本主義的な社会へと変革してゆくには、旧来の支配層である封建的な貴族や地主層との対決も辞さずに進まねばならず、そのときには自分たちと同様に平民である、労働者ら下層の人々と手を結ばねばならなかった。彼らはそうすることで上述のように選挙法の改正や穀物法の廃止に成功する。しかし、中産階級と下層の労働者たちの利害がいつまでも一致し続けることはない。後者は景気の変動の波に雇用不安に戦《おのの》くことがよくあり、双方は宿命的に対立することになる。

第三章でも見たように、産業革命は多くの田園地帯を工業地帯に変身させた。しかも、そのスピードはすさまじいものがあった。その様子を、「イングランドの中産階級」は次のように伝える。

「以前と同じように新しい緑地や美しい庭を見たいと我々は望んだ。山の向こう側が今通ってきた道程と違って見えることはあり得ない。これまで見てきたことすべてが農業国の性格をかなり持っていたので、景観全体が突然変化するなんてとてもあり得ないようだ—がそれでも実際はあり得るのだ。道路の白い埃は不意に黒く、何度も光る粉末に変身する。左右には鉄や石炭の鉱滓《こうさい》が畑に横たわっている。さらに二、三歩先に進むと数百の地面の隙間から煙や火花が飛び出すのが見える。それから炎が高く飛び散り、まるでこの地方の突然の変化に驚くかのように我らが馬は荒々しい駆け足で山を下りて行く。あらゆる期待を裏切られたことが分かる。緑地や庭に溢れた風景から再び工場の喧騒に落ち込んでしまった。こちらでは蒸気機関が鉄鉱や炭鉱の隙間の上にそびえ立ち、地下の宝物を明るみに出すために狂ったように働いている。我々はあちらでは巨大な仲間に取り囲まれた溶解の灼熱の色を覗き込む。さらに五六歩進むと大地は鍛鉄用ハンマーの一撃に震えている。そして数千人が居住し、工業の本拠を囲む下方の労働者住宅をさっと覗き込む。」（SW III/163f）

町が発展するとは町に工場がどんどんと建設され、町の範囲が広がる。ブラッドフォードも例外ではない。

「すでに述べたように、ブラッドフォードはヨークシア伯爵領の最も美しい部分の一つにあり、丘や小さな森、みごとな牧草地に取り囲まれる、三方向に山中に飲み込まれて行く谷間にある。ごく最近までこの町はほとんど何の意味も持っていなかった。家畜や果実の市場としてだけ周辺には知られていた。そこへ一七九八年最初の工場の煙突が地からわき上がり、以前は静かだったこの谷間の将来が決定されたのだ。［中略］工場が次から次へと配置され、あらゆる方面から労働者が呼び寄せられねばならなかった。既存の住宅はすぐに一杯になった。新しい建物ができ、すぐに次から次へと道路が広がった。谷は狭くなって、建築物は丘に上がり、丘を越えて向こうの畑まで進んでいった。［中略］数年も経たない内に全風景が根底から変わったのである。」（SW III/166f）

町の発展と拡大は今でも痕跡を正確に辿ることができる。谷の深いところにある建物は元々商業や工業のために作られたのではない。しかし、後で新しい目的のために改造された、かなり多くの住宅が未だ見受けられる。最初に住んでいた人々は、騒音や悪臭を伴う工業のせいで住まいから追い出されたのであろう。多くの人々は逃走し、工場の煤煙から逃れられると信じられる、隣接の丘の斜面に住み着いた。工場主自身も谷底を去り、丘の上へと移っていった。

「何故なら、愛する稼ぎのために一日中たくさんの不快なことを我慢するからには、少なくとも夕べには再び自由な空気を吸いたいと思うからである。だから丘の半分には元々と同じように個人の住宅用に作られた二つ目の家々の列が見られるのである。しかし、そこでもやがて生活は確かなものではなくなった。」（SW III/167）

しかし、工場群が谷間を埋め尽くし、逃げていった人たちを追うようにして、丘を登ってくる。それで余裕のある人たちはまた、斜面を去って、丘の頂に住まいを移す。ヴェールトがいたときにはまだこの人たち、「社会のより良き階級」がそこに住んでいた。しかし、まだ町は発展途中なので、数年後にはそこまで工場がやって来ているかも知れない。そうなれば、また人々はそこを立ち去って新たなところに住まいを定めるだろう。

「工場主や工場監督は一貫して強力なタイプの人間として際だち、それが全く自然である。というのは彼らは普通町の郊外の健康的な家に住み、たっぷりとした牛肉や黒ビールを決して欠かすことがないからである。それに引き換え、ブラッドフォードの労働者の中、特に谷底に住む人々の中にイングランドの他の都市よりも多くの顔が青白く発育不良の人々が見受けられる。」(SW III/173)

しかし、町の谷底を逃げ出すことが出来ない人たちは、相変わらず町の旧地域に住む。ここは前章で見たような、ほとんどが惨めな住宅からなっている。人間の住まいと言うよりは家畜小屋を見ているような気がする。そして道路が丘陵の頂まで延びて、煤煙や汚れの大部分が下になるところで、人々はあえて息を吸い込み、二倍に高い家賃を工面できる人だけが丘の上に住めるのだ。

中産階級はとても野心に溢れ、精力的に行動する。

「いつも私の目に付くことはこのイングランドの工業家たちが単調な梳毛糸を扱う生活にも拘わらず、考えられがちのように愚鈍になったり、頭がぼけたりは決してしないことである。しかし、彼らはこの生活様式にずいぶんと慣れてしまったように見え、いつもほんの僅かでも世界の動き全体に関わることを妨げられない。[中略] 路上で彼らは何時間も順番に大きな集会を前に疲れずに話すことができるのだ。

その他にも彼らのエネルギーや充分な周到さが町の公共の福祉のために企てることすべてに現れている。それで例えば彼らは上水道を敷設したが、それは三つの丘を越えて七マイルもの遠方からこれ以上なくすばらしい水を町にもたらしたのである。ブラッドフォードの病院はイングランドで最も美しい建物の一つである。

もちろん彼らはそのような事業を人類愛に基づく配慮から導入するのではない。しかし、それは誰も要求することもできない。何故なら『商売にならない』ときには何もしないのが彼らイングランドの工場主だからだ。しかし、大事なことは上水道や病院のようなものは必要があれば生まれるということだ。イングランドのブルジョワジーは彼らの他の仕事の量に従って考えねばならない以上にすばやく如才なく作業に取りかかるのである。」（SW III/174f）

彼らはあくまでも自らの利益追求に基づいて行動しているのだ。このように利益追求だけに邁進するような中産階級に対し、彼は吐き捨てるように母親に次のように告白している。


「時々母上にいくらか荒々しい手紙を書くのはそれ以外のことをするのが確かにできないからです。―僕の周囲がもたらす陰鬱な思いがいつも僕を苦しめています。―世界にどんな不幸があるかを知るためにはイングランドでは貧しい農民と関わりを持たねばなりません。熊さえ泣かせ、羊さえ虎にしてしまうほどです。勿論、僕は梳毛糸のことを心にかけているほうが良いのでしょうが、しかし、他のことはできません。僕は他のことも考えなければなりません。

しかし、僕はこの野蛮な、金銭亡者たちの間で長い時間を過ごすつもりはありません。何故ならイングランド人たち、金持ちたちを僕は死ぬほど憎んでいます。―」（SB I/284）

労働者の困窮度は深まる。「イングランドの工場町では人間の価値は言葉の本来の意味でキャラコの価値とともに同程度に上がったり下がったりする」のである。そして「工場主の労働者に対する関係はたいていの場合余りに野蛮なので農民の牡牛に対する関係とわずかしか違わないくらい」なのであり、非情な工場主は労働者に対して「瞬間的な利用にだけ関心を持ち、それ故その摩滅がどこまでも進んでも、どうでもよいような機械」としか見ていないのだ。

イギリスは議会政治の先進国としてもヨーロッパ内で良く知られていたが、ヴェールトはむしろそれに伴う政党政治の発達や数次に渡る選挙法改正運動に対する国民の、特に新興ブルジョワジーの意識の高さに関心を持ち、党派を議会外で代弁するジャーナリズムにも言及する。その双璧は日刊紙『タイムズ』と風刺雑誌『パンチ』であったが、それは表面上対立しているように見えるものの、ヴェールトの眼には「『タイムズ』は最も重要な件を議論する場合にはある程度『パンチ』と手に手を取って行く」のであり、

「両紙誌はリベラルなブルジョワジーのこれ以上ないほどに優れた機関誌紙であり、［中略］他方で、例えば、現在のイングランドの救貧制度の廃止やアイルランドのために講じられる処置に関わる限りで、プロレタリアートの利害をまさに人類愛と呼ばなければならぬ方法で引き受けることで中産階級の利害を擁護するのだ」（SW III/83f）

と述べているように、相互補完の役割を果たしているのである。両紙誌は明らかに新興のブルジョワジーを代弁し、旧来の支配層である地主階級の利益を擁護していた穀物法に対し、パンの値段が下がることを期待していた民衆を抱き込んで、自らの権益拡大をもたらしてくれる自由貿易の推進を促す論陣を張っていたが、一八四六年ついにその成果として同法が廃止される。だがそれによって民衆の生活が楽になることは決してなかった。

第五章 『ランカシアの歌』

ヴェールトの三月革命前期を代表する作品「ランカシアの歌《リーダー》」は、彼の死後百年たってブルーノ・カイザーによって初めて編集された『全集』の第一巻に拠れば、

一.「貧しい仕立て屋がいた」
二.「ハズウェルの百人の男たち」
三.「ランカシアの年老いた亭主」
四.「大砲鋳造工」
五.「彼らはベンチにすわっていた」
六.「真暗な夜がやってきた」
七.「暗い湿原の家」

の七編からなり（SW I/199ff.）、カイザー版全集を補う形で出版された二巻本の選集でも構成は同じである（VT I/169ff.）。「ランカシアの歌」がこの標題でまとまった詩群として初めて公にされたのは、一八四五年から一八四六年にかけてエルバーフェルトで発行された、ドイツ初期社会主義を代表する思想家モーゼス・ヘス（一八一二～七五）が編集していた月刊雑誌『ゲゼルシャフツシュピーゲル（社会の鏡）』であるが、この時は、

一.「貧しい仕立て屋がいた」
二.「ハズウェルの百人の男たち」

三．「ランカシアの年老いた亭主」
四．「大砲鋳造工」

の四編しか入っていない（*Gesell I*）。この後、一八四七年に同じ「ランカシアの歌」という標題の詩群がヘルマン・ピュットマンが編集したアンソロジー『アルバム』に発表された。ところがこのアンソロジーに収録された「ランカシアの歌」は、

一．「彼らはベンチにすわっていた」
二．「真暗な夜がやってきた」
三．「暗い湿原の家」
四．「ハズウェルの百人の男たち」
五．「ランカシアの年老いた亭主」

の五編であり（*Album*）、この内二編だけが、上記『ゲゼルシャフツシュピーゲル』掲載のものと重なる。さらに一八四五〜四六年に発行された『ゲゼルシャフツシュピーゲル』と一八四七年の『アルバム』の間にあたる、一八四六年十一月、詩人自らがそれまでの詩を七つの作品群に分けてまとめ直した草稿がこの問題を複雑にしている。草稿の三番目の作品群「困窮」には、「ランカシアの歌」という標題を利用してはいないものの、ほぼ同じ詩が順序や選択基準を変えて、収められているからである。

このように一口に「ランカシアの歌」と言っても、同じ表題を持つ作品群が二通りあるということ、さらに別の、しかし良く似た基準で編集された草稿があって、[1]「ランカシアの歌」に属する詩がそこに収められたり、収められなかったりしていること、その上それぞれの「ランカシアの歌」の掲載誌および詩集の性格や同じ雑誌および詩集に載せられた別の詩との関係などを考慮に入れれば、色々な要素が「ランカシアの歌」のそれぞれの詩の解釈に影響を与

えずにはおかない。しかし、これまでこの詩群をあつかった論考はこのような「ランカシアの歌」の成立事情、さらには詩の取捨選択やそれぞれの配列にもじゅうぶんな考慮を払っていないように思われる。(2)

一

本章では、とりあえず上記の『五巻本全集』および『二巻本選集』で採用されている「ランカシアの歌」の七編に基づいて、論を進めていく。この七編の主題や叙述法はさまざまである。最初『ゲゼルシャフツシュピーゲル』第一巻に載った四編が取り上げた人々の職業は、その掲載順に、仕立屋、炭鉱夫、酒場の亭主、大砲鋳造工である。最初の「貧しい仕立て屋がいた」は以下の通りである。

「貧しい仕立て屋がいた
縫い続けて、背が曲がり、愚鈍になった
三〇年もの間縫い続けた
そして、どうしてか分からなかった
そして、また土曜日になって
一週間が過ぎ去った
さめざめと泣き始めた
そして、どうしてか分からなかった

そして、ピカピカの針をとって、そして、ハサミを曲げてしまった―
ハサミと針を壊してしまった
そして、どうしてか分からなかった

そして、頑丈な糸を巻き付けて
自分の首に―
そして、梁にぶら下がった
そして、どうしてか分からなかった

彼は知らなかった―響いて来たのは
夕べの鐘の唸る音
仕立て屋は八時半に死んだ
そして、誰にもどうしてか分からない」

仕立て屋が縊死する「出来事」が感情移入や判断もなく淡々と伝えられる。各連の最後の詩行「そして、どうしてか分からなかった」に示されるように、「貧しい仕立て屋」が縊死する理由は直接述べられていない。仕立て屋という伝統的な職業は産業革命の生み出した典型的なプロレタリアートではない。しかし、彼らは産業革命による従来の封建的な徒弟制度の崩壊によりプロレタリア化する階層であり、そのままでは以後ますます「窮乏化」することになる。(3) 詩の仕立屋が「わけも分からず」自殺してしまうのは、自らが置かれた状況の原因について彼自身が無自覚であり、詩の最後の「そして、誰にもどうしてか分からなかった」は彼を取り巻く社会も同様に自らの実情について無自覚であることを表している。仕立屋という職業はグリム兄弟の民話集などに見られる通り、文学では伝統的に嘲笑の対象としてそして賤業のひとつとして扱われているが[4]、そのような職業がこの詩の主題として選択されているということは、その「嘲笑」及び賤業ということとともに産業革命期を素材とする詩として意義がある。続く「ハズウェルの百人の男たち」では産業革命を担う重要な職業である炭鉱夫が登場する。

一撃で亡くなった
一時《いっとき》でなくなった
一日で亡くなった
「ハズウェルの百人の男たち

そして彼らは静かに埋葬された
そこへ百人のかみさんがやって来た
ハズウェルの百人のかみさんだ
ひどくやつれて見えた

彼女らは子どもと一緒にやって来た
娘や息子とやって来た
「ハズウェルの裕福な旦那様、
私らに賃銀を下せえ」

ハズウェルの裕福な旦那は
長くは待たせなかった
その週の賃銀をしっかりと
死んだ男たち一人一人に支払った

そして賃銀が支払われると
金庫を閉めた
鉄の閂《かんぬき》が鳴り響いた
それを女たちは泣いた」

事の経緯は前の詩と同様に淡々と伝えられる。このハズウェル炭鉱の事故についてはエンゲルスも『イングランドの労働者階級の状態』で言及している。

「一八四四年九月二八日にハズウェル炭坑（ダラム）で爆発があり、九六人が死んだ。やはり大量に発生する炭酸ガスが坑内の深いところで、しばしば人間の背丈以上の層をなしてたまっており、なかに入ってくる者をことごとく窒息させる。坑内の各所を仕切るとびらは、爆発の波及とガスの移動をふせぐためのものであるが、その監視をまかされた幼児が眠りこんでしまったり、仕事をおろそかにしてしまったりするので、このような予防策は無益である。通気立坑によって坑内の換気をよくすれば、どちらのガスの有害な作用も完全に回避されるだろうが、ブルジョアはそのためにかねは出さずに、むしろ労働者にデイヴィ灯〔炭鉱用安全灯〕だけを使用するように命令ずる。［中略］炭層をできるかぎり採掘することがブルジョアの利益であり、したがってまたこの種の災害も起こるのである。［中略］ほとんど全地域で検死陪審員はあらゆる場合炭坑主に依存しており、またそうでなくても、習慣通りに『不慮の事故による死亡』という裁断をくだしてやる。もともと陪審員は炭坑の状態などまったくなにもわからないので、それについてあまり心を悩まさない。」(5)

エンゲルスのとらえ方はヴェールトの詩に描かれる炭坑事故の原因と背景をしっかりと説明しているし、この事故に対する陪審員の裁断についても問題点をしっかりと指摘している。この事故についての詩の語り手の判断は、詩に付け加えられた注釈、「評決は、『神の御心 Visitation of God（天災）』だった。しかし、炭鉱主の怠慢によりこの不幸な事故が起こったことは確実である」だけであるが、労働災害の原因に対する視点は明確である。この種の事故は産業革命以後頻繁に起こっているが、このような事故への資本家の責任の追究がここで的確に行われている。しかし、当時は「神の御心（天災）」ということで彼らは責任を逃れたし、この二編の詩に描かれたように、労働者自身の自覚の乏しさから、追究も弱かった。炭鉱主が最後の賃銀の支払いを躊躇わなかったことは善行として取られるかも知れない。しかし、残された女たちが閂《かんぬき》の音を聞いて泣いたのは、もはや賃銀を得るべき働き手を失って途方にくれているからで、賃銀が貰えたことを喜んでいるわけではない。遺族がこの後どうなったかを想像するのは難くない。この詩が書かれた十九世紀半ばでは保険や年金に相当するものを一介の労働者が受け取れることはなかった。

三番目の詩「ランカシアの年老いた酒場のオヤジ」はランカシアの貧しい人々が集う酒場が舞台である。

「ランカシアの年老いた酒場のオヤジ
粗末なビールを汲む

昨日も汲んだ、今日も汲む
貧しい人たちにと汲む

ランカシアの貧しい人たち
しばしばこのドアをくぐる
履きつぶした靴を履き
ボロボロの上着を着て

貧しい下種《げす》どもの最初は
青ざめた、物静かなジャックだ
そいつが言う『おいらが何を始めても──
一文にもならんかった』

で、トムが始めた、『もう何年も
上品で細かな糸を紡いだ
ウールの服をたくさんの敬虔な人たちに
だが、俺はウールにくるまれるなんてまったくねえ』

で、ビルが続ける、『真面目な手で
ブリタニアの土地を鋤で耕した

種がはじけるのを喜んで見た―
だが、俺は空きっ腹でベッドに入ったものさ』
で、さらに響いた、『深い立て坑で
ベンが荷馬車数台分の石炭を掘ったが
嬶《おかあ》が子どもを産んだとき―
なんてこった《ゴッデム》―嬶と子どもは凍えてた』
それで、ジャックとトムとベンとが―
みんなが叫んだ、『なんてこった《ゴッデム》』
すると同じ夜柔らかな綿毛の上の
金持ちは嫌な夢を見た」

この酒場で出されるビールは下層階級にふさわしい「粗末なビール」で、飲みにやってくるのは綿紡績工のジャック、羊毛紡績工のトム、農民のビル、そして炭鉱夫のベンの四人。「擦り切れた靴を履き、ボロボロの上着を着た」彼ら四人は口々に自らの状態を語り合い、嘆く。「ランカシアの歌」で初めて貧しい人々自身が口を開いていること、彼らの嘆きが自ら労働して生産したものが、自らの手に入らないことに向けられていることは注目に値する。しかも彼らの不平不満の向かう先が正確である。詩の最後で四人は口を揃えて、「なんてこった《ゴッデム》」と叫び、「金持ちは嫌な夢を見」る。この詩は『ゲゼルシャフツシュピーゲル』とほぼ同時に発行された『ライン年誌』第一巻（一八四五年）にも発表されているが、興味深いことにそこでの表題も「ランカシアの歌《リート》」である。詩群の表題との違いはこの詩が単独の詩であるということ、「歌」が単数形の Lied になっていることだけだが、この詩に「ランカシアの歌」という題が付けられていること、他の詩と関係する職業の人々が登場することから、特に『ゲゼルシャフツシュピーゲル』の「ランカシアの歌」四編においてはこの詩が詩群全体の中心であると見てよい。

『ゲゼルシャフツシュピーゲル』の「ランカシアの歌」に属する詩四編の中上記の三編は同誌の第一巻六三～六四頁にまとめてあるが、残り一編「大砲鋳造工」は単独で同じ第一巻一九六～一九七頁に「ランカシアの歌」の表題のもとに前三編の継続として掲載されている。この詩は表題の大砲鋳造工が誕生したときのことから始まる。

「辺りの丘は露に満たされていた
ヒバリが啼いた
そのとき、貧しい女が産んだ
哀れな男の子を産んだ

この子が十六歳になったとき
腕ががっしりとなり
まもなく工場に立った
革の前垂れを付け、ハンマーを持って
そこで彼は高炉の胴体に走って行った
重い鉄棒を持って

燃えかすと煙の中から明るく
金属の小川がほとばしる

大砲を鋳造したのだ―たくさんの
そいつは世界の海で轟いた
そいつはフランス人を不幸に陥れ
インドを蹂躙した

そいつは弾丸を飛ばした、かなり重い奴を
中国人の胸に
そいつはブリタニアの栄誉を歓呼した
鉄の喉と唇で

そしていつも愉快な英雄は鋳た
ピカピカに光る大砲を
寄る年波が邪魔立てし
拳を役立たずにさせるまで

そしてとうとう仕事を拒まれたとき
何の哀れみも無かった
そして彼はドアの外に放り出された

不具な人や貧しい人々の間に
彼は立ち去った—胸は腹立たしく痛んだ
あたかも雷鳴が轟いたように
かつて型枠から転がり出した
すべての臼砲からでたかのように
だが、落ち着いて彼は言った『遠くはない
とんでもない罰当たりめ
俺たちは自分の楽しみのため二十四ポンド砲を鋳るのだ』」

労働者は自分の仕事に従事する時、必ずしも自分の作り出した製品がどのように使われ、どのような影響を社会に与えているかに気付いているわけではないし、また気付く気すらないことさえよくある。しかし、結果からすれば自分の意図とは別個のところで自分の作り出したものが他人に危害を加えることはいつでもどこでもまれなことではない。この大砲鋳造工が製造した大砲は武器として、使われれば、多くの人を不幸に突き落とす。この大砲は、詩の一節にあるように、「フランス人を不幸に陥れ／インドを蹂躙し」、「中国人の胸に」「弾丸を飛ばす」。この詩の背景には当時のイギリス、大英帝国が武力でアジアを蹂躙したことがある。

十八世紀末以来、イギリスでは商業恐慌が定期的に繰り返されていた。人々は常にこの波に翻弄される。しかし、それはやがて国内だけでは捌け口を充分に持つことができなくなり、その限界が来たとき、海外へと眼が向けられる。イギリスのこの時代の主な侵略先はインドや中国などアジアに向けられていた。(6) ヴェールトの眼に映ったのは特に中国であった。

「イングランドは船を中国に送った。『我らのアヘンを買え、我らのキャラコを買え、さもないと死ぬことになるぞ！』このような言葉で人々は天国のような国の扉を叩いた。フリゲート艦の脇腹が一緒に見事に唸った。エルドラドの門が飛び散った、イングランドの工業とイングランドの商業に新たな市場が開かれたのである」（SW III/394）

イギリスはインドとの三角貿易により、アヘンを中国に無理じいしたが、それの手段となったのは圧倒的な武力であった。イギリスと中国の間でアヘン戦争が起こったのは一八三九年のことであり、一八四二年にイギリスの勝利に終わる。その後の中国がこのとき以降の列強の侵略によって、長年の間苦しんだことは周知の通りである。

大砲鋳造工は大英帝国の繁栄に貢献したが、その社会は必ずしもそれぞれの構成員に温かいわけではなく、社会の維持に必要でなくなった人間はその補充が効くかぎり、いつでも放り出す用意がある。働けるうちは感じなかった社会の冷淡さは働けなくなるとその途端に牙を剥き出すのである。この詩に登場する鋳造工はそのようなことに次第に自覚を持つようになる。しかも自ら生産した物の果たす役割にもその自覚が及ぼうとしていることは「ランカシアの歌」に新たな局面をもたらしている。「ランカシアの歌」の各詩の主題や方法が多様に見えても、『ゲゼルシャフツシュピーゲル』の「ランカシアの歌」に関する限り、上に見たとおり、詩群としての統一性と完結性は明瞭である。

『ゲゼルシャフツシュピーゲル』は副題を「無産の人民階級を代弁し、現代の社会状態を解明するための機関誌」という。この雑誌は当局から危険視されて、僅か一年で潰れ、後に発禁処分を受けた。「われわれの社会生活の弊害」を除去するためにはまずそれを知ることが必要であり、しかも「事実に基づいて」論証しなければならないと考えた編集者の方針でこの雑誌は理論的分析よりもドイツ各地の労働者階級の生活の実態報告に主眼をおいた。[7]ヴェールトの「ランカシアの歌」はその表題が示しているとおり、ドイツの労働者の状態を伝えたものではない。ヴェールトが『ゲゼルシャフツシュピーゲル』に寄せたこの詩群以外の、抒情詩も散文も[8]同様にドイツの労働者階級の「実態」を報告するという性格を持っている。その意味で、ヴェールトの作品は同誌では異質のものと言えなくないが、この雑誌のめざすことのうち、「労働者階級の生活の実態報告」という側面では「ランカシアの歌」はそれなりの役割を果たしていると言えるし、しかも各詩の分析に見られたような、順を追って取り上げられた職業の種類や自らが置かれている状況への批判的自覚を考えれば、この詩群は単なる「実態報告」以上のものである。

二

『アルバム』[9]の「ランカシアの歌」は『ゲゼルシャフツシュピーゲル』には収録されていない「彼らはベンチにすわっていた」で始まる。この詩は様々な観点から見て、重要性が高いので、詳しく見てみよう。

一八四四年のシュレージエンの職工蜂起はハイネの著名な詩「貧しい職工」や織工たちの中から生まれ、歌われた「血の裁き」をはじめとして、数多くの文学作品を生み出したが、その中でヴェールトの「彼らはベンチにすわっていた」は次のようにこの事件を取り上げている。

「彼らはベンチにすわっていた
テーブルを囲んですわっていた
ビールをつぎあって

敬虔に溌剌と酒盛りをしていた
彼らは不安を知らず
泣きの涙も知らず
昨日も明日も知らずに
この日だけを生きていた

彼らはハンの木の下にすわっていた
夏の装いはすばらしかった
ヨークとランカシアからやってきた
粗野で反抗的なやつら
彼らは嗄《しわが》れたのどで歌を歌い
夜おそくまで腰をおろして
『シュレージエンの織工の闘い』を
語りあった

そしてすべてを知ったとき
彼らは涙を流しそうになり
狂ったように大慌てで
屈強なやつらは怒り出した

彼らはこぶしを固め
帽子を激しく振った
森や草原が鳴り響いた
『がんばれよ《グリュック・アウフ》、シレジア』と」

この詩は従来、特に最後の詩行をとらえて、国や国民の違いを超えた労働者間の連帯をテーマにしたものと取られることが多かった。しかし、それに加え、描かれた労働者像にも重点を置かねばならない。彼らは「ランカシアの歌」のこれまで四編に登場した労働者の姿を受け継いでいるが、同じようにビールを飲む場面でも、前の「ランカシアの年老いた酒場のオヤジ」に描かれる労働者とは違い、登場人物たちに暗さはない。彼らは前者のように自らの境遇を嘆くにとどまらず、積極的に貴重な「この日」という日を生きているのである。この詩の持つ明るさは他の「ランカシアの歌」各編と比べ異質である。

十九世紀初めのドイツはイギリス、フランスの先進国に比べ、産業革命の進展が遅れており、社会構造も封建体制から産業資本主義への過渡期にあった。基幹産業のひとつである繊維産業もイギリスでは機械化が進んでいたのに対し、ドイツではまだ手工業が中心になっていた。当然のことながら、ドイツの繊維産業は価格競争に負け、一八三〇年代末から四〇年代初めにかけて主要な市場を失うというような困難な状況にあったが、ドイツの工場主らはそのつけを生産者である職工らに転嫁しようとした。そのため織り工の生活は悲惨をきわめる。中でもシュレージエン地方はプロイセン王国のほぼ半分の織機を所有する繊維産業の盛んな地域であったので、悲惨な状況が集中して現れた。一八三〇年代ドイツ各地では産業革命の進展にともない、それに抵抗する労働者の反乱が散発していたが、一八四〇年代になって、抵抗運動も激化してきた。そのような情勢下で、一八四四年六月四日シュレージエン地方の寒村ペータースヴァルダウとその近隣の村々で働く職工たちは織物工場の所有者ツヴァンツィガーの屋敷に押しかけた。ツヴァンツィガー兄弟はこの地方の工場主たちの中でも最も過酷な方法で職工たちを搾取していたのである。職工たちの要求は賃上げと施しものだったが、威嚇により拒否されたので、彼らは大挙して破壊にとりかかった。この蜂起は結局のところプロイセン軍の出動により鎮圧されることになったが、世間に与えた影響は大きく、その評価についても、それまでにも見受けられた単なる偶発的な暴徒による行為か、ドイツ・プロレタリアートの最初の組織的な抵抗運動かなどの否定的評価と肯定的評価とに分かれ、また文学においても前述のように数多くの政治的な詩や散文による作品を生むきっかけとなった。事件についての評価については詳細は避けるが、この蜂起の前に職工たちが歌った民謡の「オーストリアに城がある」の替え歌である「血の裁き」が、蜂起した職工をはじめとする「貧しき者の『ラ・マルセイエーズ』」となり、広く民衆の口端に登ったことを言い添えて置こう。それはこの替え歌の歌詞にはツヴァンツィガーを直接に名指ししながらも、労働者とブルジョワジーとの敵対関係を本質的に挟り出した詩句が散見されるからであり、このことがこの蜂起の持つ意味のひとつを端的に表現しているからである。

シュレージエンで職工蜂起が起こったときは、ヴェールトはまだブラッドフォードにいた。彼が蜂起に対して示した反応を理解するために、「彼らはベンチにすわっていた」以外にシュレージエンの職工蜂起を間接的に扱った抒情詩『海上のある日曜日の夕べ』(*KöZ* Nr.224. 一八四四年八月十一日付)と『ようやく十八年』(*Rh.Jb.I* 一八四五年)を見てみよう。

『海上のある日曜日の夕べ』は太陽が斜めに傾く、ある日曜日の夕暮れ時にアイルランドに向けて一隻の船が出発する光景から始まる。船にはドイツの各地からやって来た人々が乗っているが、彼らは遠い故郷のことを考えている。そしてそれぞれが自らの故郷のことを語り始める。ライン、プファルツ、シュヴァーベン、トイトブルクの森…と自慢話が続き、祖国ドイツを賛美するが、最後の男が次のように話し始めた。

「きっと故郷では
ドンチャン騒ぎで昔なじみの喜びが音を立てているだろう
きっと盃は歌の韻律に合わせて響いているだろう
きっと教会や王宮の壮麗さが際立っているだろう
きっと偉大なドイツの国はすばらしいだろう
ただ最近シュレージエンの山のはずれで
私は野原が血の色に染まるのを見た
私は貧しい男が泣いて死んでいくのを見た」

するとみんな静かになり、海の音だけが響き、楽しい気分は失われる。
『ようやく十八年』は、冬の日が暮れようとしている巨大都市ロンドンの街角に病気の子供を抱いた母親の姿の描写から始まる。彼女は行き交う人々に施しを求めているが、誰も助けようとはせず、母子は凍死する。やがて朝日が昇り、遠くからウェストミンスター寺院の鐘が響いて来る。

「鐘が鳴った、しかしお前のために鳴らされたのではない
惨めな女よ、安心しろ、さあ死んだ国王たちにだけ
鐘を鳴り響かせろ。お前にふさわしいのは
お前、早く死んでしまったものよ、きっと別の調べだ
最近千もの人たちの困窮を圧し潰し

東と西で諸国民が同盟して共に叫び声が
お前に響いて来る、
そしてお前を殺したやつを彼らは非難するだろう」

「最近千もの人たちの困窮を圧し潰し」という部分に婉曲にシュレージエンの職工蜂起が語られている。ここで注目したいのは語り手の視点をロンドンの出来事に置きながら、遠くの貧しい仲間たちとの「連帯」が遠回しに述べられていることである。

ところで、「彼らはベンチにすわっていた」に表現される労働者は窮乏下にあるものの、決して受動的な人間ではない。詩に即して、内容を見てみよう。夏の夕べ、労働者たちは寄り集まってテーブルを囲んでビールを飲んでいる。不安もなく、嘆く声も上がらず、過去も未来も考えずにこの日だけを楽しんでいる。「彼らはこの日だけを生きてきた」という詩句を否定的に「その日暮らしの身の上だから」とだけに限定して受け取る必要はない。今日と言う日のかけがえの無さがこのような過ごし方を生んでいると理解できる。聖職者が約束してくれるような「来世」のために今日を犠牲にするのではなく、「今日」と言う時点を大切に生きているのである。榛の木の下に座る彼ら労働者はヨークシアやランカシアからやって来た「粗野で反抗的なやつ」で、声を張り上げて歌い、深夜まで語り合う。その折シュレージエンで織り工が蜂起したことが話題に上る。彼らにとって「織り工の闘い」が問題である。織り工たちは自らの要求を獲得するために闘ったのだ。しかし、蜂起が無残な結果に終わったことを知ったとき、「泣きの涙を知らなかった」彼らは涙を流しそうになるが、やがて気持ちの高ぶりは怒りへと変化し、シュレージエンの織工たちへの連帯感となり、「がんばれよ《グリュック・アウフ》、シレジア」という叫び声に凝縮される。

「彼らはベンチにすわっていた」に登場する労働者たちの思いが「労働者の連帯」を表す、この最後の言葉に込められた意味というのは、悲惨を嘗め尽くした先進工業国イギリス、しかもその中で最も窮乏した工業地帯ヨークシアとランカシアの労働者たちが後から発展して来るドイツの労働者への階級的連帯を訴えていることにある。シュレージエンの職工蜂起で職工たち、および彼らに代表されるドイツの労働者階級が味わった惨めさは先進国の労働者たる自分たちがすでに味わったことであるし、イギリスの労働者たちはすでにさまざまな抵抗を繰り返すことにより、自分たちの生活を守ってきたし、その闘争の過程で労働者同士の連帯、労働者の自立的な文化の重要性も充分に知っていることが、この短い詩に込められている。

三

『アルバム』の「ランカシアの歌」で「彼らはベンチにすわっていた」に続く詩「真暗な夜がやってきた」の主題は直接労働者の日常生活に関わることではない。

「暗い夜がやって来た
嵐の中赤松がザワザワと音を立てる
すると雷雨が荒々しく
教会を塔もろとも破壊する
十字架を粉々にし、祭壇を押しつぶす
棺の中の肢体を挽きつぶす——

ゴシック式のアーチがでんぐり返って
雷鳴を立てながら、山から下りてくる

村では教会の塔と内陣がひっくり返る
墓に押し倒れるように――
これに驚き村の子供が臥床から飛び起き
母親に言う

『ああ、お母さん、重苦しい夢を見たんで
睡眠がぶちこわしになっちゃった
ああ、お母さん、僕の見た夢ではね
神様がお亡くなりになったんだよ』

この最後の四行に詩の明白な意図が込められている。技法的には外の教会の建物の破損と内の子供の夢に出てきた神の死が重層的に並べられていて、両者が象徴的に結び合わされている。「神の死」というのはこの時期にフォイエルバッハの唯物論の影響を受けたヴェールトにとって「現世の肯定」という点で重要であり、十九世紀前半までにキリスト教が民衆の生活を支配していたことへの批判でもある。

続く「暗い湿原の家」では暗い湿原のそばにある家で、ある寒い冬年老いたヤンが凍死したことが語られる。

「これが暗い湿原にある家

この前の冬そこで凍《こご》えた者が
今年はもう凍えることもない―
そいつはとっくに棺の上に乗った

これが暗い湿原にある家
年寄りのヤンが凍え死んだ家
ドアに白い顔を向けていた
彼は死んだが、自分は知らない

彼は死んだ―そこへ臆病なノロジカのように
その日がやって来て、雪の上を飛び跳ねた
『お早う、ヤン、お早う、ヤン、』
このヤンは返事が出来ない

そのとき鐘が高い音を立てて鳴る
鐘は歌い、響き、遠くまで叫ぶ
『お早う、ヤン、お早う、ヤン、』
このヤンは返事が出来ない

そこへ町から子供たちがやって来て

『ヤンがどれくらいみんなが好きか知ってる
お早う、ヤン、お早う、ヤン、』
このヤンは返事が出来ない

太陽、鐘、子どもたちが分からなかった
そこへ陽が溢れるお昼が近づいた
そこへ貧しい女が近づいた『私のヤン、
食べたり飲んだりしないのかい、爺さん

町から私があんたに持ってきた物をご覧
これで幸せに、温かく、お腹いっぱいになり』――
老女は長いこと彼女のヤンを見た
するとひどく泣き始めた

暗い湿原のそばで彼女は泣いた
老いたヤンが凍え死んだ湿原のそばで
彼女は燃えるような苦痛を泣いた
冷たい雪に涙をこぼした」

ヤンが凍死した理由など一切が描かれていない。だが、うす暗い湿原に立つ家という状況設定がすでに不気味さとともに貧しい人々の世界を想像させている。凍死するような人物にはじゅうぶんな食べ物や燃料がない。そのような状況のまま凍死したヤンに同じように貧しい女が飲み物や食べ物を持って来て、彼の死を知って泣き出すのは必ずしも同情からだけではあるまい。その女が「彼女の燃えるような苦痛」を泣き、涙を冷たい雪に落とすのは自らにも降りかかる運命を予感しているからでもある。ここには「彼らはベンチにすわっていた」に見られるような、能動的な労働者の姿はない。

『アルバム』ではこのあと「ハズウェルの百人の男たち」と「ランカシアの年老いた酒場のオヤジ」の二編が続けて配列されている。最初の「彼らはベンチにすわっていた」と最後の「ランカシアの年老いた酒場のオヤジ」とが、ビールを飲み、楽しそうな労働者と酒場でやはりビールを飲みながら怒りを込めてそれぞれに自らの境遇に憤る労働者という対比で、それぞれ主題やモチーフの点で共通している。この二編にそれぞれ「神の死」、「貧しい男の孤独な死」、そして「労働災害による多数の炭鉱夫たちの一瞬の死」を主題にする、「真暗な夜がやってきた」、「暗い湿原の家」、「ハズウェルの百人の男たち」の三編が挟まれる。詩の選択は『ゲゼルシャフツシュピーゲル』の場合に比べ、「生の肯定」、「連帯」や「神の否定」に特徴を見ることができる。特に「真暗な夜がやってきた」と「ハズウェルの百人の男たち」の「神」の扱い方の対比は『ゲゼルシャフツシュピーゲル』には見られない。

『アルバム』の場合、「ランカシアの歌」の理解に『ゲゼルシャフツシュピーゲル』では「ランカシアの歌」に入れられながら、この詩集ではその中に入れられず、単独に掲載された「大砲鋳造工」の存在を考えることが不可欠であろう。さらに『アルバム』にはもう一つのヴェールトの詩群「遍歴職人の歌」五編が収録されている。この詩集では冒頭に「遍歴職人の歌」と独立した二編が併せて収められ、後半に「ランカシアの歌」が収められた。従って、「大砲鋳造工」は「ランカシアの歌」に接続する形ではなく、「遍歴職人の歌」に並列する形で収録されたことになる。この詩が「ランカシアの歌」から切り離された理由はともかくとして、(10) この配置では通常、伝統的な、産業革命以前の職人の姿を描いた「遍歴職人の歌」を受け継いで読まれる。従って、上に見たように、「大砲鋳造工」の労働者は「遍歴職人の歌」の職人たちが産業革命期に至って変革の嵐に巻き込まれる状態の一つを描いたものとして理解することができ、その意味で「大砲鋳造工」は「遍歴職人の歌」をこの詩集後半の「ランカシアの歌」につなぐ役割を果たしていると言えよう。そして「ランカシアの歌」に登場する労働者や貧しい人々は前半の職人たちとつながりを持っているとも言える。(11)

詩集『アルバム』は、編者のピュットマンに拠れば、民衆の「新しい生命を映し出す一連の詩を集めて、民衆に彼らの胸中に吹き荒れる色々な感情や苦しみが彼らを歌う詩人たちの心も激しく興奮させ、その作品の中で高らかに響いていることを示す」(『アルバム』序文)ことの必要性から編集されたものである。その点でヴェールトの寄せた「ランカシアの歌」その他の詩はピュットマンの意図に叶っていると言えよう。

四

一八四六年の「困窮《ノート》」に収められた十一編の詩は、その二～五番目および七番目の詩五編が「ランカシアの歌」中の五編と一致する。そして五編のうち四編までが『ゲゼルシャフツシュピーゲル』の「ランカシアの歌」に相応する。どちらの「ランカシアの歌」にも入れられなかったのは、一．「哀れなトム」、六．「あるアイルランド人の祈り」、八．「ドイツ人とアイルランド人」、九．「働け」、一〇．「ライン地方のブドウ栽培農民」、十一．「飢えの歌」（数字は「困窮」での配列番号）の六編である。(12)

最初の詩「哀れなトム」は、死に神が瀕死のトムに話し掛けるところから始まる。

「死に神が哀れなトムに話しかける
『哀れなトムよ、おいで、おいで
冷たい墓の中へ降りておいで
おいで、おいで降りておいで

安心しな、勇気を出して
哀れなトムよ、親切にしてあげる
おいで、安らぎへと連れて行こう
おいで、トム、覆いを掛けてあげよう

花で上品に覆ってあげよう
哀れなトムよ、すべての苦痛を
忘れさせてあげよう、トムよ
おいで、トム、おいで、おいで

おいで、その間にベッドを拵えたよ』
夜中優しくそう響いた
だから不思議に響いた
『おいで、トム』──とうとうトムが来た」

なぜトムが死ぬのかは一切述べられていない。しかし、この詩群の「困窮」という哀題のもとで最初に配列されていることから、さらには、「arm（哀れな・貧しい）」という形容詞から、その死の直接間接の原因が「貧困」にあると考えるのは困難ではない。

『ゲゼルシャフツシュピーゲル』でも『アルバム』でも「ランカシアの歌」とは別に掲載された六番目の「あるアイルランド人の祈り」では一人のアイルランド人が彼らの守護聖人である聖パトリックに祈りを捧げるが、その祈りは穏やかな内容から次第に過激になる。

「聖パトリックよ、お気に召すようにしてください
……
私をあなたのお望みのとおりにしてください
ただこんな人間の姿にはとどまらせないでください」（第三連）

彼のなりたいものは小さな青い花であり、ノロシカであり、熊やスワンであり、豹やライオンや虎である。なぜならそんな植物や動物になることで食物も食べられ、温かい着物も着、住むところも得られ、その上金持ちの専制君主を前足で引き裂くこともできるからである。

「しかし、聖パトリックよ、あなたの耳を塞《ふさ》いだままにしないで下さい、
私は相変らずパディでいるでしょう
すべてがこれまでのままでしょう、そして、夜は寒い

あのダン・オコンネルは太り、年を取るでしょう」（第七連）。

彼の祈りは結局は成就されないままである。

八番目の「ドイツ人とアイルランド人」は「彼らはベンチにすわっていた」と同じく「国や国民の違いを越えた」貧しい者同士の共感の寄せ合いを主題にしている。イングランドでのある夜、二人の若者が偶然落ち合い、粗末な敷藁に寝場所を求めた。互いに相手が異国の人間だと気付く。お互いに相手の様子を見て、同時に呟く。

「彼にはまだ暮らし向きが良くなったことはなさそうだ
見ろ、奴の上着とお粗末なズボンとを」（第三連）

そしてとうとう笑いながら同時に呼び掛け合う。

「それで君もうまく行ったためしがないんだね」（第四連）

ふたりは挨拶を交わしたが、それはドイツ語とアイルランド語で高らかに響き渡った。そうやって彼らは理解し合い、手を取り合った。ここでは二人の貧しい若者のお互いの境遇への素朴な共感が伝えられ、そこからあるべき相互理解が生まれることが述べられている。この二編に関わるヴェールトとアイルランドとの関わりについては第七章においてさらに検討しよう。

続く九番目の「働け」は命令口調で労働者に強いられる労働を伝える。

「働け、塩とパンとを作りだせ
　働け、労働は災いや困窮の、試され済みの手段だ」（第一連）。

労働者は十六時間も働かねばならない。逞《たくま》しい労働者は小屋で身重の体で涙ながらにじっと待つ、死人のように青白い顔をした女房のことを考えて働かねばならないし、帰宅すると裸の子供たちがキスしてくれる。労働者は、「血管が激しく鼓動を打ち」、「肋骨が折れ」、「こめかみが汗を滴らせ」、「感覚が消え」、「体の力が枯渇するまで」（第五連〜第六連）働かなくてはならない。労働者は労働向きに作られているのだから。

「働け、お前に休息が見つかるのは
　お前の遺体が墓に横たわる時だ」（第六連）。

ここで述べられるのはひたすら労働の過酷さと労働者の生活である。労働者はこの過酷さの中を生き抜いて行かねばならない。

十番目の「ライン地方のブドウ栽培農民」ではライン地方のブドウ栽培農民の悲惨さが歌われる。モーゼル川やアール川に沿った地方ではブドウが黄色く赤く熟れていた。

「愚かな農民たちは思った
　どんな困窮からも抜け出せると」（第一連）

しかし、そこで最初にやって来た商人は借金のかたに収穫の三分の一を持ち去る。続いてやって来た徴税役人も税金として収穫の三分の一を持って帰る。農民が苦しみのあまり天に向かってひたすら祈る。すると、

「そのとき霰と雷雨とともに響きわたった
『汝農民よ、残りは私のものだ』」（第四連）

農民に残されるものは何もない。「悪魔に苦しめられないものは／神様が苦しめなさる」（第三連）のだ。天災に象徴される神にも苦しめられる。(13) 何とむごい言葉だろうか。ここにもヴェールトの当時の宗教に対する態度が明瞭に出ている。

これに続く「飢えの歌」では搾取され、虐げられる者ももはや黙っていない。詩では曜日ごとに窮状が主人である国王に訴えかけられる。月曜日には食べ物が少なかった。火曜日には食べ物が無かった。水曜日にはひもじい思いをしなければならなかった。木曜日には苦しみを耐えなければならなかった。金曜日には飢え死にしそうになった…そのためにいよいよ国王に対し、要求が出され、恫喝さえ行われる。「さもないと日曜日にはとっつかまえて／国王よ、お前を食べてしまうぞ」（第三連）。

「困窮」はこのような支配者たる国王に対する「恫喝」でしめくくられるが、このことは詩群の構成上重要な意味を持っている。「困窮」のそれぞれの詩の配列を改めて考えてみよう。最初の二編「哀れな（arm）トム」と「貧しい（arm）仕立て屋」は形容詞 arm に共通して見られるように「貧しい・哀れな」庶民の「死」をその原因を直接描写することなく、暗示して見つめるものである。両者は「哀れなトム」ではただトムの死に同情が寄せられるだけなのに対し、「貧しい仕立て屋」の場合は「死」か、その理由は不明なものの、仕事に不可欠な道具を破壊したり、それによって

自殺したりして、その「困窮」をもたらしたものに対して、より攻撃的な様子が示されていることにある。上で取り上げた、「ハズウェルの百人の男たち」と同じ内容の、三番目の「百人の坑夫たち」では、すでに見たように、炭鉱事故による彼らの「死」が中心になっているが、彼らの死後の遺族の悲惨な行く末が暗示される。遺族にもトムや仕立て屋と良く似た運命が待ち受けている。次の「ランカシアの年老いた亭主」では、ランカシアの酒場に集まる、貧しい人々が愚痴を言い合うだけだが、最後の語り手の発言に搾取に対する冷やかな批判が加えられる。次の二編の詩は「ランカシアの歌」とは順番が違い、「ランカシアの歌」の最後の「暗い湿原の家」、「ランカシアの歌」以外の「あるアイルランド人の祈り」を間に挟んで、「大砲鋳造工」が続く。「暗い湿原の家」は「哀れなトム」の場合と同じように「哀れな」ヤンが誰にも見取られずに「貧しい」うちに亡くなっている。「大砲鋳造工」は自分の生産した武器がどのように使用されているか、何も分からぬまま三十数年も一生懸命働いた労働者が働けなくなったとたん路頭に放り出され、「百人の坑夫たち」の遺族のような目に遭わされる。「あるアイルランド人の祈り」は次の「ドイツ人とアイルランド人」と同じように、単に労働者階級とか貧しい虐げられた人々という点だけが問題なのではなく、イングランドへ働きにきて同じ境遇にありながら、より安い賃銀で労働力を売るせいで、イングランド人から差別や迫害を受けている、アイルランド人が問題の焦点なのだ。そういう意味で「ランカシアの歌」には入れられていないものの、「ランカシアの歌」の主題からすれば、他の詩に比べてその重要さを決して減じていない。むしろ、この二編が「困窮」に入れられていることが、この詩群の、「ライン地方のランカシアの歌」に共通する詩を数多く含みながらも、独自の意味を持っている重要な点であると言える。ここから残り三編「働け」、「ライン地方のブドウ栽培農民」及び「飢えの歌」と続く各編の意味も大きくなる。労働の過酷さとそれにもかかわらず、人災天災を問わない搾取とそれにともなう「困窮」に苦しむ民衆、そして最後は搾取し、抑圧を加える支配階級に対する抵抗、しかもかなり攻撃的な抵抗が言及される。「困窮」も「ランカシアの歌」と同じく基本的にただ困窮に苦しむだけの、受け身の民衆の姿から、抵抗する民衆へと、その段階にひとつひとつのポイントを押さえながら、客観的に冷静に事態を描写しながら進んでいく。ただ、「困窮」と「ランカシアの歌」の違いは「労働者間の連帯」という点でアイルランド人を主題とした二編と「彼らはベンチにすわっていた」の違いに大きく現れている。

部分的に重複する『ゲゼルシャフツシュピーゲル』及び『アルバム』の二種類の「ランカシアの歌」とやはり詩の約半数が重複する、「困窮」を比較することで、二つの「ランカシアの歌」のそれぞれが持つ意味、およびそれだけではひとまとまりの詩群としての意味が不十分であること、そしてその不十分さは、現在全集で見られるような七編からなる、「ランカシアの歌」に一応補足されているが、「困窮」を考察の対象に加えることで、「ランカシアの歌」の上に見たような不十分さが指摘され、このヴェールトの代表的作品が本来意図していることが認識できる。すなわち、例えば、労働者・貧しく虐げられた者への共感とその実態の暴露・訴えかけは、「困窮」は「ランカシアの歌」に比べはるかに強く、「ランカシアの歌」での主題がさらに一歩進んでいる。このことがヴェールトに「ランカシアの歌」とは違った編集の詩集を作らせようとした理由であろうし、さらに、「困窮《ノート》」が「ランカシアの持つ意味をその表題、「Not（困窮）」を起点にしながら、補足する役割を果たしているとも言える。

第六章　民衆運動

ブラッドフォード時代のヴェールトに強く影響を与えた人物の三人目は一八三〇年代の第一次選挙法改正運動に民衆側から力を尽くしたラジカル・リフォーマーの一人ジョン・ジャクソン（一七九五〜一八七五）である。ヴェールトは彼のお陰でイングランドの民衆運動の歴史を詳しく知ることができ、チャーティストや他の社会運動家たちの集会にも顔を出してその実態を見聞することができたのである。(1)

ヴェールトがブラッドフォードに滞在した当時のイングランドの民衆運動はすでにチャーティスト運動の時代であった。この運動はすでに全国に広がっていたが、その中心は北イングランド、特に繊維労働者が多いヨークシア、ランカシア地方にあった。しかし、ヴェールトがここに到着したときにはチャーティスト運動はいわゆる穏健派の「モラル・フォース」と過激派の「フィジカル・フォース」に分裂していて、ブラッドフォードは後者の牙城だった。一八三七年には新救貧法反対の暴動が起こり、一八四〇年には全国的な蜂起に呼応するはずの暴動がチャーティストのイニシアティブで起こったが、鎮圧された。ヴェールトがここに赴任した一八四三年という時期はこのような経過のあとの、政治的には比較的落ち着いた時代にあたる。

一

ジャクソンはもともと梳毛工だが、独学でいろいろな分野の書物を読むことで教養を深めた。彼はブラッドフォードの指導的な政治家で、一八一七年以来ラジカル・リフォーマーの一員だった。ジャクソンはチャーティスト運動へと民衆運動が推移するとき、その一翼を担い、機関紙『ノーザン・スター』の創刊にも関与したが、運動の方法としては武力に訴えることは好まず、平和的な手段をとることを主張していた。例えば、一八三九年の南ウェールズ蜂起の支援にブラッドフォードのチャーティストが武器を使用しなかったのはジャクソンの意向が大きく働いた結果であるとされている。この方法をめぐり、のちにジャクソンはチャーティスト運動で次第に主導権を握るようになったファーガス・オコーナー（一七九四〜一八五五）とは意見の食い違いをみせるようになり、だんだんとオコーナーの批判者となって、チャーティスト運動とは距離をおくようになる。この点で彼はヴェールトとは見解を異にするが、ブラッドフォード時代はヴェールトとの交友関係は継続する。日常のジャクソンがどのような人物だったか、ヴェールトは後述する「一七八〇年から一八三二年までのラジカル・リフォーマーの歴史」の冒頭で、ジャクソンを訪ねていった折りのことを次のように伝えている。

「ジャクソンは両腕を広げて私を迎えてくれた。彼は町からおよそ二マイル離れた小さな家に住んでいた。『私はここより他には住みたくない』と彼は私に言った。『ご覧なさい。夏には窓の下に花が咲きます。遠方の牧場の緑で目を休ませることができます。そばの丘の斜面に大きな木が立っています。その巨大な榛《はしばみ》を我が家の周囲にあるすべての中で最も崇拝しています。［中略］私はいつも北アメリカの森のことを考えて、じっと聞き耳を立てますが、しまいにはとうとう眠り込んではてしない海の向こうの自由の国を夢に見るからです。』ジャクソンの住まいは三部屋からなっていた。階下の石畳の部屋は台所、食堂そして居間として使われていた。狭い階段を上った二つ目の部屋は寝室にしつられてあった。三番目の、屋根ギリギリの部屋にはジャクソンの仕事道具、蔵書と新聞のコレクションが置いてあった。

蔵書というのは約二十冊の読み古されてすり切れた本のことで、もちろんそれにコベット、ペイン、ロバート・バーンズが欠けてはいなかった。新聞のコレクションはいずれにせよかなりの価値があった。イングランドやアメリカのさまざまな新聞が今世紀の最初から現在に至るまであったからだ。」(SW III/249f.)

ジャクソンの人と暮らしぶりが良く伝わってくる文章である。ヴェールルトは紀行文集『イギリス・スケッチ』(一八四八年)の中心を構成する部分にジャクソンを登場させ、重要な役割を担わせている。第八章「イングランドの労働者の花祭り」では、第三章で見たように、ジャクソンは語り手を労働者の花のコンテストに連れていく。彼はここではイングランドの労働者が貧困や劣悪な労働条件に喘ぐだけでなく、人間らしい生活を求め、それを実行する存在であることを明らかにする役割を果たしている。この文章は労働者がわずかな土地や時間を利用して園芸を楽しみ、そのささやかな成果を共同で品評し合う会合を報告している。貴族や資本家などの支配階層は社会の底辺で過酷な労働に従事する彼らにそのような文化的な享受能力があるとは思ってもいなかったし、彼らをみる世間一般の眼も大差はなかった。彼らは無知無能で、酒に溺れやすい輩だから、あのような劣悪な条件下での労働に従事せざるをえないのだし、彼らに十分な賃銀と余暇を与えることは彼らの怠惰を増長させるだけだというのが一般的な見解だったのである。しかし、ジャクソンがヴェールルトにみせたのはそれとはまったく異なる労働者の姿であった。続く第九章「一七八〇年から一八三二年までのラジカル・リフォーマーの歴史」では、ジャクソンが、ラジカル・リフォーマーの一員として選挙法改正案のために闘ったものとして、イングランドの民衆運動の歴史を語って聞かせる。彼はここでは歴史の証言者であり、その中での事件の目撃者であり、一連の運動に評価を加える立場に立つ。この章ではジャクソンの眼を通してイングランドの民衆の歴史、ことに運動を通じてイングランド民衆の力が大きくなる経緯を起伏を交えて語るのである。「ラジカル・リフォーマーの歴史」で語られた歴史を引き継ぐ第十章「一八三二年から一八四八年までのチャーティストの歴史」(2)ではジャクソンは章全体の語り手ではなく、イングランドの民衆運動がラジカル・リフォーマーの選挙法改正を求める運動から民衆の権利を保証した人民憲章の採択を求めるチャーティスト運動に変遷していく段階での一証言者としての役割しか与えられていない。しかもこの章の語り手の眼からは時流に必ずしも適応しない、時代遅れの人物としてである。それでも『イギリス・スケッチ』におけるこのような取扱いを考慮すれば、一八四八年革命の敗北のために詩人の生前には日の目をみることがなかった、いわば彼のイングランド観を代表するようなこの本でのヴェールトのイングランド理解にとってジョン・ジャクソンが重要な位置を占めていることは容易に分かる。マクミキャンがブラッドフォードの裏通りに住む労働者の悲惨な実態を知る道をヴェールトに開いたのと同様に、彼は詩人に労働者が悲惨な状態に対し受動的な存在ではなく、人間らしい生活を求め、楽しむだけでなく、実態の改善のために団結し、自ら民衆運動をつくりだす存在であることを実証的に理解させた。

二

イングランドでは十三世紀来身分制議会がもうけられ、封建制社会の各身分の代表が議員となったが、とうてい国民全体を代表するものとは言えなかった。その後下院の議員は選挙で選ばれるようになったが、有権者は地主階級に限定されていた。また選挙区の区割りも実際の人口分布にそぐわない状態だった。それでその不合理さを是正しようとの動きが十八世紀、産業革命を経て、広まった。その運動が実って、最初の選挙法改正が行われたのがようやく一八三二年のことであった。それでもこの改正は多くの国民の不満の元となり、新たな選挙法改正がチャーティスト運動の重要な要求項目となり、十九世紀後半には二度の改正が行われる。ジャクソンはそのような一八三二年の最初の選挙法改正の民衆運動を担った一人である。

ヴェールトは「ラジカル・リフォーマーの歴史」で一七七〇年から一八三二年の選挙法改正にいたる民衆運動についてジャクソンから聞き書きする。この期間のイングランドでどのようなことがあったか、概略を見ておこう。この時代の前半はジョージ三世（在位一七六〇〜一八二〇）の治世である。この治世は産業革命がさまざま要因によって徐々に進行して行き、時代の転換期であることを示す出来事が続く。アメリカ独立戦争、フランス革命、アイルランド併合、ワーテルローの戦い、穀物法制定、ピータールーの虐殺…そして、ジョージ三世を受け継いだ、ジョージ四世（在位一八二〇〜一八三〇）およびウィリアム四世（在位一八三〇〜一八三七）の時代にはカトリック教徒解放法制定、リヴァプール・マンチェスター間の鉄道開通、そして選挙法改正と続く。そのような時代を背景として、ジャクソンは自らの視点から選挙法改正に至る民衆運動を語り始める。

「イングランドの民衆政党の歴史を話すようにとのお願いでしたが―よろしいでしょう。私が知っていることをお話ししましょう。［中略］イングランドの労働者の苦難はあなたはもう充分に観察する機会がありました。彼らの喜びは私たちが連れ立って花祭りを祝った晩に分かち合いました。［中略］私たちイングランドの労働者は活発な工業にどんな苦難や喜びがあっても、政党を結成しましたが、それは絶えず前進し発展しているので、今やすでにあらゆる苦しい時代の主な慰めであるだけでなく、将来勝利を得ることを、いつかは私たちが自分たちの汗に合った正当な賃銀を手にするときが来るだろうという希望を持たせてくれているのです。」（SW III/250f.）

ジャクソンはこう前置きして、時間を遡って語り始める。従来イングランドには二つの政党、トーリーとホイッグがあったが、両政党は貴族階級を代弁し、民衆の声は第三の党派が必要だった。民衆の不平不満は小声でしか洩らせなかったが、「一七七〇年この聞き取りにくい不平不満が非常にはっきりとした反対意見」になり、民衆が行動し、「民主主義者の党派」ができた。しかし、ジャクソンは、この党派がたったの一年間で「思いも掛けず」に地面から沸いて出たのではないと、釘を刺す。彼は、

「民衆の成長に伴って起きる政治事件は国の経済発展と正確に関係しています。前者はあまりにも後者に起因しているのです。私たちにとって思いがけない、まったく突然のように見えるものはふつう長い一連の年月を基にした、ゆっくりと引き起こされた必然に過ぎないのです。」(SW III/252)

と述べ、「古いギルドの崩壊が、国民のうち特に労働者階級が眠りから揺り起こされたもう一つの理由」(SW III/252)であるとして、中世の封建的な徒弟制度が崩壊し、労働者階級が誕生したことを指摘する。そして、「何よりもまず発展し続けるグレート・ブリテンの工業が最初の民衆運動の主たる原動力になった」(SW III/252)と主張する。何も持つものが無く、工場に労働力を売って働くしか生きていく方法が無い、労働者階級が生まれたことと、生存を続けていくために、不利な状況では抵抗せざるを得ないこと、そこから民衆運動が生じてくる…と彼は続ける。「敗北した手工業労働者は近代工業の農奴」になり、「困窮が彼を在所から追い立て」られて、「妻子とともに新しくできた工業の蒸気に覆われた町になだれ込み、機械の下僕になって、競争という戦争で破滅させられてしまった」(SW III/252)のだ。しかし、このような状況下、同時に「民主主義的な考え」も生まれる。この民主主義的な考えを支持し、宣伝する人々は工場プロレタリアートや困窮によって零落した人々であり、当初は「成り上がりの」

工場主たちもこのような考えに夢中になる。しかし、運動が進むにつれて、失うものを持つ中産階級は後退し、「党派の主力として後に残ったのは、失うものが勇気以外に何も持たない民衆だけだった。そのような民主主義的な考えを持った団体として、「立憲君主制情報協会」と「ロンドン通信協会」が有力だった。このように民主主義的な考えはイングランド中に広まっていくが、これに冷水をかけたのが、一七八九年にフランスで起こった革命で、支配階級にイングランドでも同じ事が起こるかも知れないと恐怖心を起こさせた。これで民主主義的な運動に傾いていたホイッグは壊滅的な打撃を受け、トーリーが権力を握る。トーリーの領袖小ピットは、フランスとの戦争を議会で議決させ、国内の反対勢力である、民主主義者たちを国内から一掃しようとする。一七九四年はピットの勝利の年となる。

「民衆の自由は終わりになりました。人身保護法が廃棄され、最も偉大な専制君主だったら名誉になったかも知れないような大胆さで精力的に、彼（＝ピット）は民主主義クラブの指導者たちを逮捕し、議論していた協会を閉鎖し、彼らの書類を処分し、秘密の関係の最も重要なものを嗅ぎ付けるのに使用した書類の一部分を大騒ぎして、議会に持ち込んだのでした。」（SW III/259）

その結果、多くの人たちは逮捕され、牢獄は政治犯で溢れ、多くの人がさらに島流しになって、二度と故国の土地を踏むことはなかった。このような弾圧はフランスとの戦争を遂行するのに必須だった。土地貴族はフランス革命が自分たちの国にも影響を与えることを恐れたため、対仏戦争に賛成した。新興ブルジョワジーは甘んじてその措置を認めざるをえなかった。多くの国民は戦争遂行に必要な税の引き上げを我慢しなければならず、さらには穀物をはじめとする物価の上昇にも耐えなければならなかった。それに追い打ちを掛けるように凶作が続く。賃銀や俸給で生活している人たちが最もその影響を受ける。賃銀の上昇措置もとられたが、食料品の価格上昇と歩調を合わせることができない。小麦の価格が上昇すると結婚する人々の数が反比例して少なくなる。そして商業も停滞し、過剰在庫を抱え、破産が相次ぐ。ランカシアでは木綿工業がほとんど停止し、マンチェスターでは毎時間のように商社が倒産する。しかし、戦争が終わると「風変わりな光景が展開」する。貴族は歓喜し、資本家はそれ以上に喜ぶ。というのは、彼らは苦難の時代にも自己の利益だけは確保し、資本家の資金は国家に投資され、国民の税金が利子をたっぷりと保障してくれたからだ。高い税金と低い賃銀、食料品の値上げと支払われる金銭の価値の下落に交互に苦しめられる人々は餓死寸前になることも稀ではなかった。貴族の権力は民衆が困窮するたびに生き返った。しかし、まさにこのような状況だからこそ、やがて民衆運動が再登場する。対外戦争の終結は国内で戦争が、諸党派間の争いが始まることでもあった。労働者の周囲では不気味な響きが轟く。人々が集まってくる。以前の民衆団体も一時失った意味を再び取り返す。

「破滅させられた、たくさんの労働者やますます数が増えていく貧しい商人たちによって、力強く強化させられて、彼らはやがて以前よりも堂々とした大衆になり、前世紀最後の十数年間に既存のものを転覆するようにとの声を上げた同じ演説家たちが勇敢にあらためて演壇に跳び上がり、あらためて改革を、不注意や腐敗によって国を苦しみや絶望の状態にしてしまう政治の根本的な改革を要求します。」(SW III/268f)

民衆による蜂起や暴動が一触即発の状況だった。一八一五年国内の地主貴族の利益擁護のために穀物法が制定されると民衆の不満が一気に爆発し、ロンドン全域をはじめとして、イングランド各地で次々に民衆暴動が起こる。するとラジカル派の指導者が民衆を抑え、その力を反対派に結集させる。そのリーダーは老いたカートライト少佐（一七四〇～一八二四）、ウィリアム・コベット（一七六三～一八三五）そしてヘンリー・ハント（一七七三～一八三五）の三人である。カートライト少佐はすでに「立憲情報協会」の創立者として知られていた。コベットは演説家として大きな支持を得ていたし、ハントはその庶民らしさが大いに受けて影響力があった。彼らは連れだって様々な集会へと赴く。そのような、国王への陳情書を持ってロンドンへ出かけようと集まった民衆の姿はやがて当局に不安を抱かせ、集まった人々を解散させる。しかし、それでも民衆は計画を実行しようとする。すると政府の高官が広場に現れ、騒擾取締令を読み上げ、軍隊と警官に集会を蹴散らさせる。政府はずいぶん前からこのようなラジカル派の集会がますます多くなっていることやあらゆる階級の人々が参加していることに驚く。

「議会開会へと向かう途中で君主が賤民集団に被らねばならなかった侮辱はとうとう頂点に達し、大騒ぎでリフォーマーの煽動が議会に上程されました。［中略］秘密委員会はやがてこの国の首都や他の地域で、政府の転覆を意図し、個人の私有財産への攻撃と結びつけようとする危険な陰謀が発生しているという見解を上院でも下院でも表明しました。」（SW III/276）

そうして政府は民衆運動を徹底的に弾圧する。上院の決議で人身保護法[3]が停止され、煽動的な集会、通信を行う協会などに関係する他の二三の厳しい処置が同様にして公布された。再び運動は低迷する。しかし、「工業の発展が余りにも大量の精力的なプロレタリアートを生み出したので、政府の処置は一時的には確かに効果的でしたが、長期的には全般的な不満が繰り返し爆発することを防止できませんでした。」とジャクソンはここでも工業の発展とプロレタリアートの成長を不可分にとらえる。そして、

「だから政府の厳しい処置が生み出した恐怖心は不満な人間全員を抑えつけることはできませんでした。困窮が民衆にどんな限界でも打ち破るように強要したのです。」(SW III/280)

と抵抗の不可避性を主張する。さらに「人々はそんな処置には脅えはしなかったのです。至る所で新しい騒乱が起こり、至る所で新しい連携が生まれました」と言う。民衆運動の中心地はマンチェスターである。そして、プロレタリアートは闘争だけでなく、日常生活でも互助組織を作り、闘争の基盤とする。

「当時大量に出来た友愛協会や共済組合はラジカル派にも何度も民主主義の火を燃やし続ける機会を提供しました。すでに何年も前からイングランドにはそのような組合があり、人々はそれをいつも容認していました。それまで毎週ささやかに払い込んできた基金から病気やその他の事故で仕事や稼ぎから放り出されてた仲間を支援することだけが目的だったからです。そのような組合の要求が産業の発展によってそれまで以上にますます大きくなるか、それとも新しく出来たたくさんの共済組合が政治的な動機だけを持っていたのかは判断できません。メチャメチャに壊された民主主義クラブのそれぞれの代わりに少なくとも一つの共済組合ができ、平和と人類愛の仮面をかぶって確実でひっそりと憤激の炎を掻き立てるために人々がとても熱心にそれを利用したことは確実です。」(SW III/281f)

政府は新しい敵を作ることを恐れていたのだろう、一八一八年には人身保護法を回復するために法案が議会に上程される。こうして最大の危機が再び過ぎ去る。最も労働者階級の悲惨が改革派の煽動を求めたのはバーミンガムだった。バーミンガムは人口の多さにもかかわらず、議会に代表を送っていなかったが、一八一九年初めラジカル派はそれを是正する要求の集会を持つ。政府は最初意に介していなかったが、改革派は繰り返し各地で同種の集会を開き、多数の参加者を得る。一八一九年八月十六日、マンチェスターで大がかりな集会が開かれることになった。当日の朝周辺からも多くの人たちが、家族ぐるみで、マンチェスターに向けて整然と行進を始める。行進の途中で他の村や町から来た行進と合流し、人数が膨れ上がる。そうやって人々がマンチェスターのセイント・ピーターースフィールドに集まったときには八万人になっていた。集会の議長にハントが選ばれる。

「それでハントは前に進み出て、白い帽子を取り、民衆に話しかけました。彼が二言三言話した途端、白と青の制服を着た騎兵隊の一隊が跳び上がり、サーベルを抜いて新しい二三の家の前に整然と並びました。他ならぬ、混乱を防ぐためにこうなったということでした。確かに人々は押し寄せてきた人たちをはっきりとした叫び声で迎えましたが、そこには敵意を持ったり、侮辱するようなことは何もありませんでした。」

しかし、それでも騎兵隊の一隊が直ちにこの叫び声に反応して、サーベルを頭上に振り回し、手綱を緩めながら、人々が密集したところに飛び込み、民衆を左右に突き倒す。そうして悲惨な状況が訪れる。民衆に対し激しい攻撃を加えたのはむしろ富農層《ジェントリー》の義勇兵ヨーマンリーだった。旧来の秩序の崩壊と利害関係から富農層《ジェントリー》はこのような民衆運動を毛嫌いしていた。「八万の人々、男たち、女たち、そして子供たちは武器も持たずに、これ以上ないほどの秩序に従って、マンチェスターの中心の広場に集まり、国内の悲惨な状態と対決しようと君主への陳情を提案する数人の演説者に聞き入った」だけなのに、ヨーマンリーの部隊が襲いかかった。しかも市参事会は法に従わず、前もって騒擾取り締まり令を読み上げもしなかった。集まっていた民衆は不意を突かれたのだ。これが名高い「ピータールーの虐殺」である。本来民衆と手を取り合って選挙法改正等自分たちの権利拡大をはかって封建階級と闘わなければならない中産階級は十八世紀においてはまだ政治的に重要ではなく、はっきりとしない集団だった。

「賤しい労働者世界から生まれたばかりの中産階級はまだあまりに大きな要求を持って労働者に立ち向かわないという、ある種の素朴さにとらわれていたので、工場主と工場労働者とは長い年月にわたって誠実に手を取り合って、政府に反対していました。彼らはどんな個人的な争いにもかかわらず、まずまず互いに友人だと思っていたからです。」(SW III/291)

しかし、資本家たる中産階級と彼らに雇用されなければ、暮らしのたつきを得られない労働者とは利害が一致しないことが次第に明らかになる。その原因はやはり「経済上の真実」、「つまり、現在の世界の状態では、いわば生命のない物品のように労働者が純粋に需要や供給に依存していることがますます鋭く明瞭にプロレタリアートの苦しみに表れたとき、商業発展の破局ごとに、競争がほとんどの場合労働者にはどこまでも不利な目標を追いかけるようにと産業家たちに強制することが明らかに」(SW III/292) なる。そうして、これまでの友情とともに政府に対して兄弟のように反対派を組んでいたことも解消し—次第に二つの党派が、つまり中産階級の党派(リフォーマー)と労働者の党派(ラジカル・リフォーマー)が出来上がったのである。運動の方法にしても、中産階級の打ち倒すべき対象は貴族だけであるのに対し、労働者の党は貴族とともにブルジョワジーも打倒すべき対象だった。このような敵対関係になっていたので、「ピータールーの虐殺」が起こるべくして起こったのである。

「この状況は特徴的でした。それはこの瞬間の出来事を説明するだけでなく、—両党派のそれから先の発展全体を説明しています。労働者がどれだけ熱心に議会の改革に心を砕いているかを見て、ブルジョワジーは寒気がしたのです。ブルジョワジーは未来を見ていました。そしてこの大衆がひょっとしたらいつかは法律を制定する力になるかも知れないと考えると身震いがしたのです。結局はプロレタリアートとの密接な連帯よりは古い貴族との同盟のほうが良かったのです―民衆の流れはまずはその防波堤で追い返さなければならない、ラジカル・リフォーマーはリフォーマーが目標に達するために、絶滅しなければなりませんでした―だからヨーマンリーはサーベルを抜いたのです。」（SW III/293f）

中産階級が労働者階級を見捨てることは予想されていたが、このような獣のように残忍な方法で突然民衆に襲いかかってくるとは思いも及ばなかった。この多数の死者が出た事件は当然糾弾され、断罪されるべきだったが、実際には政府は中産階級の肩を持ち、労働者階級には強い憎しみだけが残り、復讐心から、政府要人の襲撃を企てる。しかし、当局のスパイにより露見して、失敗に終わり、首謀者は処刑される。しかし、この反響は大きく、ホイッグ党の支援もあり、一八二四年、「議会はどんな迫害も無駄であると理解して、」民衆の結束に反対して発布されたすべての法律を廃止し、自由な結社を認めた。

その後直ぐに実施された新議会の選挙で民主主義党はかなりの勝利を戦いとる。ラジカル・リフォーマーの代表であるヘンリー・ハントが議員に選出されたのだ。このような状況から、一八三一年になって、ジョン・ラッセル卿は議会に選挙法改正案を提出する栄誉を与えられる。そして様々な抵抗を受けながら、また改正案に反対する貴族に激しい抗議行動が繰り返され、修正を加えながら、やっとのことで一八三二年八月七日に改正案は上下両院を通過する。

「リフォーマーたちは彼らが望んだものを手に入れました。中産階級はこの時から議会に正当な代表を送りました。彼らの先の発展に邪魔になる物はありませんでした。それにひきかえラジカル・リフォーマーは半分しか勝利を得ていません。選挙法改正案の宣伝活動が終わったとたん、彼らもまた本来の方針に戻り、普通選挙に従事しながら、以前のように国家行政の構造全体との戦いを始めたのです。このことについては別の機会にしましょう。」（SW III/308）

ジャクソンはこのように選挙法改正（一八三二年）に至るまでのイングランドにおける民衆運動の歴史を語ることを止める。産業革命が徐々に進行するにつれて、それを担う、実業家たちが次第に実力をつけて、一つの階級を形成していく、一方彼らの産業を支える人々が都市に集中し、また自分たちの階級を形成していく。この二つの階級は相互に依存し合っているが、敵対関係にもある。というのは階級内の競争に勝つためには、労働者階級を抑圧せざるをえないからだ。当然生存を賭して、労働者階級はブルジョワジーに抵抗する。旧来の地主貴族を打倒して、権利を拡大することでは新しい二つの階級は手を取り合うが、ブルジョワジーはプロレタリアートに不安を感じ、敵視する。ともあれ、不公平な議会制度を是正するという点で一致して、選挙法改正にたどり着いたが、プロレタリアートからは自分たちの代表が選出されにくいという不満の残る結果になった。この後さらに権利拡大を求めて新たに民衆運動が展開する。

三

一八三二年の選挙法改正で新興都市に議席が与えられ、多くの人々に選挙権が与えられるようになったが、中産階級中心で、大部分の労働者は政治参加から閉め出されたままだった。この中途半端さによって、改革運動は継続する。運動の中心は中産階級から急進的な改革派に移っていくが、この運動は後に採択される「人民憲章《ピープルズ・チャーター》」にちなんで「チャーティズム」と呼ばれる。運動の主目標は選挙法と議会のさらなる改革、民衆の権利拡大であるが、これに穀物法の廃止など自由貿易派の主張とも絡んでくる。

ウィリアム・ラヴェット（一八〇〇〜一八七七）をはじめとするロンドンの指導者たちが口火を切り、独立の労働者政党をつくるための集会を一八三六年六月六日に開いた。ロンドン労働者連盟が創立され、規約が採択された。連盟の執行部は声明を出し「イギリスには二十一歳以上の男子が六〇二万いるうち、八四万人にしか選挙権が与えられていない」ことを指摘した。一八三七年五月三十一日と六月七日に労働者連盟代表と急進派議員が協議をし、人民憲章を起草し、議会に提出することを誓約した。ラヴェットが草案を書き、フランシス・プレイス（一七七一〜一八五四）らが手を入れたものを合同委員会が可決し一八三八年五月八日「人民憲章—大ブリテンおよびアイルランドの人々の平等な代表のための法律案」が発表された。憲章の六箇条は

一．普通選挙権

二．財産資格制限撤廃

三．一年制議会

四．平等代表

五．議員有給制

六．秘密投票(4)

と言う内容である。

一八三八年を通じて大きな集会が全国いたるところで開かれ、一八三九年二月四日のチャーティスト大会は国民請願を議会に提出することを決定。七月の議会でこの請願が否決されたことへの抗議として、チャーティスト大会は「国民休日」、つまりゼネストを計画したが、激論の末に撤回した。道徳派は大会への統制力を失い、地方のチャーティスト団体が主導権を握る。反穀物条例についての方策は反対なく定められた。しかし将来チャーティストが採るべき手段として、総罷業と武装が提起されたが、反対意見が鋭く対立し、脱退・分裂・指導者の禁固があいつだため、九月十四日に大会は解散した。

チャーティスト指導者の投獄は特にウェールズで労働者たちの感情を激化させ、十一月四日に呉服商ジョン・フロストを首領として、約千人の民衆が武装し、ニュー・ポート市内を行進して入獄者の釈放を要求したが、通報を受けていた軍隊と警察により銃撃され、十名のチャーティストが死亡する。政府により武力反乱と見なされたこの事件以後、一八四〇年四月までチャーティストの大量逮捕・裁判が行われた。一八四二年十二月までにオコーナーが支配する「全国憲章協会」が三二五万人以上の署名を集めるなど、追随者は多かったが指導者内部での対立は、運動を分裂させ敗北させた。

以上がチャーテイスト運動の概略だが、ヴェールトの「一八三二年から一八四八年までのチャーティストの歴史」は副題に「ファーガス・オコーナー」とあるとおり、ファーガス・オコーナー（一七九四〜一八五五）を中心に取り上げている。彼を取り上げる理由についてヴェールトは冒頭で、

「この一章をアイルランド人ファーガス・オコーナーに捧げるのは私が彼の全見解に同意しているからではなく、彼の誠実さ、豪胆、たゆまない勤勉によって、民衆に関して他の数千人よりもずっと功績がある男を讃えるからである。誠実、豪胆、勤勉、それが彼をイングランド民衆の偶像にし、党首の地位を確かにし、さらに長い間そこにとどめて置くのかもしれない。数人の同僚が思考力や機知、すばらしい弁舌で彼をしのぐが―アジテーターの最もすばらしく、重要な特性では彼に優る者はいない。」(SW III/309)

との評価を上げているが、実際にこの章の大半がオコーナーのことに終始している。そして彼の魅力についても、

「獅子のように器量が大きいが、虎のように冷酷である。友人に献身的なのと同じように敵には不信感を持つ。いったん理解したことに熱狂するのと同じように理解できなかったことには耳を傾けない。［中略］この非凡な男が民衆の注意を引くのは他の事情である。自らが作りだした名声の他にオコーナーの名前にはもう一つの独特な魅力がある。彼の系図は緑のアイルランドの最も遠い過去の女王にまで遡るし、彼の家の名前はあの不幸な島の血まみれの事件と緊密に結ばれているので、暴動の一つ一つの轟きを通してオコーナーという男の名声が響きわたる。過去と現在がこの男の中で出会うのだ。」(SW III/311f)

と述べている。民衆の間での人気が絶大なのだ。ヴェールト自身がある集会で彼に出会ったことがある。その集会の様子も臨場感溢れる記述で文章を綴っている。「その晩の集会ではオコーナーは約三時間も話した。彼が集会で与えた印象は言葉では言い表せない。壇上の演説者を取り囲んだ女性たちは何度も頬の熱い涙を拭い、繰り返し果てしない歓声を挙げた。」男たちも同様である。その熱狂ぶりには際限が無かった。こんな集会をオコーナーは何週間も各

地を回って行うほど精力的である。また、支援者たちは自分の生まれた子供にオコーナーの名前を付けるほどに熱狂する。

オコーナーについて、とある集会で自分が直接彼の謦咳に触れたことも含めて、詳しく、事細かに紹介した後ヴェールトは民衆運動の歴史に立ち戻る。

「前章では選挙法改正案が通過するまでの民衆運動について言及した。

そこで見たようにこの大事な措置はすべての人たちの注意を引いた。二つの異なる階級がマンチェスターの大虐殺以前よりもさらに明らかになって、リフォーマーやラジカル・リフォーマーはこの機会に一瞬の間再び手を差し出し合った。リフォーマーは選挙法改正案に彼らの願望の目標を見ていたが、ラジカル・リフォーマーはそれを少なくとも一歩前進と見ていた。もちろん統一された努力は期待どおりの結果を生み出さねばならなかった―選挙法改正案は国の法律になった。それは貴族の敗北で、ブルジョワジーの完全な勝利であり、大衆運動の一歩前進だった。

民衆党にとっては結局それが一歩に過ぎなかったという理由から双方の改革政党の合同もかつての目標が果たされた瞬間にまた解消した。リフォーマーは議会の改革に保守的になり、ラジカル・リフォーマーはずっと革命的だった。彼らは相互に利用し合った。二つの正直な、公然の敵同士はまた背を向け合った。古く根深い反感があらたに始まった。そこから生まれる葛藤に取り組むことにしよう。」(SW III/320f)

すでに上に述べたように、ブルジョワジーを中心とする穏健な改革派(リフォーマー)は一時的な裏切り行為があったものの、選挙法改正ということでは労働者階級などの過激な改革派(ラジカル・リフォーマー)、それに貴族の一部が加わって、法案の議会通過に成功したが、本来利害の相反する両派はすぐに対立関係が明らかになる。カートライト少佐やコベット、ハントなどの改革運動の老いた英雄たちは次第に表舞台から消え去っている。彼らに代わって登場するのがオコーナーだが、ヴェールトはこの文章では彼と並べてロバート・オーウェン（一七七一～一八五八）を登場させる。

「もちろん実践的な男性である彼（＝オーウェン）は産業の発展が全世界に対し起こすに違いない長所と恩恵すべてを理解していた。理性と人間性が物質関係の巨大な展開を導き始めるならば、科学の勉強で沸き起こる人間的な精神によって彼の注意はこのような恩恵がずっと存在し続けるだろうということに向いたのである。だから社会の二つの大きな階級、持てる者と持たざる者との立場を明らかにし、双方の階級の従来のような野蛮な搾取によるのではなく、相互の愛情や援助によって本来の利益、真の幸福を、運命を個々の人間のためでなく、すべての人間のために与えた工業の大発明から引き出すことが出来ることを示すことで、これらの矛盾をすぐにでも宥和せずにはこの若い勤勉な男は気が済まなかったのだ。

オーウェンはいつもふれ回っている新しい社会システムの概略は正当なもので、彼が実践的に使用することで最もよく試すことができると信じていた。それは特に従来とは違った民衆教育の上に基づいていた。」(SW III/323f)

このように、ヴェールトのオーウェン評価は必ずしも否定的ではない。むしろ正義感から生まれた彼の果敢な試みを肯定的に見ている。オーウェンが教育の重要性に注目していることに言及していることも特筆すべきだろう。ヴェールトはオーウェンの著書『新道徳世界の書』（一八三六～一八四四）に彼の思想の全容、「社会ノ理性的ナシステム」を見る。その「五つの基礎的事実」は

「一．人間は複合した存在であり、その性格は本来の有機体や外からの影響が絶えず、次から次に作用を、さらに反作用を及ぼすことで、誕生時の素質あるいは有機体や、誕生から死ぬまで作用を及ぼす外的な状況から作られること―

二．人間は本来の素質によって感情や信念を意志から独立して受け取るように強制されること―

三．感情や信念が人間を行動に駆り立て、行動を決定する意志を生み出すこと―

四．二つの人間存在の有機体は決して同じであることはなく、幼年期から大人になるまで二つの個人は人工的な方法でまったく同じに形成されうること―

五．それにもかかわらず子どもの一人一人の素質は有機的な結果を除いて、外的な状況の性質が誕生時からこの素質に影響を及ぼすことに応じて、おおいに劣悪なものへ、あるいはおおいにすばらしいものへ作り上げられていくこと―」(SW III/325f)

であり、オーウェン支持者の集会でこの「基礎的事実」が「教理問答のように」朗読されたことから、ヴェールトはこの五箇条に大きな価値が与えられていると判断し、「いずれにせよ取り合えず人間をあるがままに扱うことが最善」だと見なしている。個々の人間に対し人間らしい対応をすることの重要性を評価する。ヴェールト自身オーウェンの始めたハーモニー・ホールを見学したことがある。

「イングランドへ来て、ハーモニー・ホールのオーウェンの門下生自身が発行している雑誌『新道徳世界』でこの施設について最も正確な報告を読んだり、その他友人たちからたくさんの称賛に値することを聞いた時、私は自分の眼でこの事業の成功を確信してみたいと思ったので、ロンドンからハーモニー・ホールへの旅に出た。二日後私は現場に到着し、住民からこれ以上ないほど親切に迎え入れられた。予想に反し、私は何もかも格別にすばらしいと思った。大ホールや付属の建物全体の建築方法は極めてエレガントだった。幅広の快適な階段がさまざまな階に続いていて、各部屋はどこも秩序と清潔さが支配し、それどころかいくつかは私には住民の仕事にしては立派過ぎたり、豪華過ぎて作られているように思えた。施設のほとんど全員がとても幸せで生き生きしているように見えた。彼らはかなり礼儀正しく腰を下ろし正餐をとった。私は生涯にしばしばハーモニー・ホールよりも劣悪な食事をしたことを告白しなければならない。子供たちは親たちや友人たち以上に満足していた。授業の終了後子供たちは花一杯の花壇や光輝く畑に囲まれた中庭で陽気に跳ね回っていた。」（SW III/328）

このすばらしい実態を体験し、「ハーモニー・ホールの全住民は私には裕福さと良俗が本当に細かな細部まで現れる幸福な大家族のように思われた」と称賛しながら、ヴェールトは帰途について、ふと「相も変わらずこれらすべての幸福がやはり最後には貧しい株主の破滅にのみ築かれうるという考えが私の胸に思い浮かんだとしても、あのように幸福で満足した人たちのことを喜んでこれ以上ないほど純粋に喜ぶだろう。残念ながらこの懸念はあまりにも早く現実のものとなってしまった」と続け、このような企ての将来を予感し、結末も見届けてしまうのである。彼にとっては、オーウェンのしたことは称賛すべきだが、現実問題の解決にはならないと思われる。その後、「ハーモニー・ホールの事業が座礁した直後」、ヴェールトは年老いたオーウェンと知り合いになる。

「私は年配の尊敬すべき男を目の前に見たが、その顔には厳粛で穏やかな真摯な表情が浮かんでいた。［中略］老人はこれ以上無いほど落ち着いた調子で、私はこれを予見していたが、未来は私のシステムを思い出すだろうと述べた。」（SW III/330）

この後オーウェンはイングランドを去り、息子がいるアメリカのニュー・ハーモニーに戻っていった。アメリカではこの偉大な博愛主義者のシステムがイングランド以上に効果的に実行されているように見える。イングランドの産業の発展はオーウェン自身に富を降り注いだが、彼はそれ自体が持つ影の部分を見逃さなかった。「それでオーウェンは社会状態の研究へと導かれたのだが、彼の行為は社会改革についての真実と教訓をもたらした。彼は、ずっと人類のために世界を発展させねばならない、偉大な先覚者の一人である、彼は常にそのような改革者として名前を挙げられ、讃えられるだろう、彼が幸福にした人々の感謝がなくなることもないだろう…」（SW III/332）これがヴェールトのオーウェン評価である。

四

オーウェンへのオマージュが終わると再びイングランドの民衆運動の歴史に話題が戻る。それはファーガス・オコーナーが代表する政治運動である。この運動が選挙法改正案通過後、まず取り組まれていたのは、新聞の印紙税引き下げの問題である。イングランドでは十七世紀以来発行される新聞には印紙税が課せられて、その高額さ故に新聞代がかさばり、ますます庶民には縁遠くなっていた。選挙法改正運動の政治宣伝によって民衆の間に新聞を読む楽しみがずいぶんと広がって、新聞は多くの人々にとって欠かせないものになっていた。一般に識字率が高い時代ではなかったが、誰かが字が読めれば、他の者に読んで聞かせることが一般的であったので、発行部数や購読人数以上に影響力があった時代である。「誰でも国内で起こっていることを知りたいと思っていたので、人々は貪欲にすべての新聞になだれかかったのだ。しかし、残念なことにどの号も一部だけで四ペンス（約三・五ジルバーグロッシェン）かかったので、貧しい人々にはその好奇心を満たすことはいつもほぼ不可能だった。」（SW III/332）運動を進める側もできるだけ多くの人々に自分たちの新聞を読んでもらう必要があり、新聞の値段を上げる印紙税の引き下げ、あるいは撤廃は必須の要求事項であり、闘争の目標だった。いったんは弾圧があり、新聞の没収などがあったが、不満をぶちまける社会全体の声がイングランドの端から端まで響き、新たに本格的な政治運動が悪評高い印紙に反対して始まる。そうするととうとう政府は抵抗しきれずに譲歩して印紙を四ペンスから一ペニーに下げざるを得なくなった。一八三六年八月のことである。

印紙税反対運動が繰り広げられている一方で、工場労働者の労働実態について調査が行われ、工場での労働時間の調整に関するサー・ロバート・ピールの最初の法案が一八一八年に議会を通過し、一八二五年、一八三一年と二度目、三度目の法案が通過する。その背景には一五・六歳の少年を朝の四時から夜中の一二時半まで働かせることも異常なことではない実態があった。そこで幼い労働者の一〇時間労働法案が議会に提出されたが、修正動議が出て、否決されてしまう。しかし、それでも工場取り締まり令が採決されて、九歳以下の子どもの就労禁止、十一歳以下の子どもは週に四十八時間以上、一日に九時間以上働いてはならないことが確認された。この措置は一八三五年三月一日には十二歳以下の子どもたちに拡大され、一年後の同日には十三歳以下の全員に拡大され、十八歳以下は週に六十九時間以上働いてはならなかった。この後成人労働者も労働時間短縮を求めて運動をしていくことになる。

しかし、民衆運動の政治家たちをもっと活発に行動させたのは、選挙法改正案の補遺として一八三四年に議会を通過した新しい救貧法案だった。新しい法律の変更点は、援助を必要とする貧しい人々に現金を与えて満足するのではなく、彼らが作業場に押し込められ、あらゆる厳しい処置によって、言葉の本来の意味で、慈善が刑罰になるほどに痛めつけられるということである。この新システムは、思わず身震いして後ずさりしてしまうような救貧税の額に驚いた政府が採用した。ただただ税負担が多くなることを忌避して貧しい人々に犠牲を強いるために新しい救貧法が採用された。ヴェールトは『ケルン新聞』（一八四六年九月三〇日付け）に掲載した「イングランドの救貧制度」(5)において、イングランドにおける救貧法の歴史について紹介している。その原因はヘンリー八世の時代以降貧困階級が目立つようになったからである。その状況についてヴェールトは次のように述べている。

「イングランドでは、農奴身分の停止はいわゆる自由労働の開始とともに、今日普通貧困階級と名付けられる社会の一部分が誕生する。

商工業の発展は農村地域から多数の労働者を増え続ける都市へと呼び寄せた。都市は以前よりもずっと自立できることと併せて、はるかに有利に所得を得る機会が開かれているように思われた。当然のように、移住によって成功した者は多い。一方で不慣れな仕事にすぐに首尾良く専念できず、病気や不景気など不足の出来事やまもなく起こった労働者間の競争を耐え抜き、勝利する手段を持たない人々は、早々と非常な状態に落ち込んだ。」

社会からはじき出された人々には過酷な運命が待っていた。強圧的な扱いを受け、多くの人が死ぬことになった。貧困は罪悪と見なされていたのである。やがてこのような強圧的な手段では解決されないことが明らかになり、エリザベス女王の時代に旧救貧法が成立する。

「数百人の浮浪者が、毎年あちこちの絞首台で死なずにはすまなかった、エリザベス女王の時代には暴力へと向かう途上の不幸はおそらく単独では除去できないことがようやく理解されたように思われる。さしあたり良い手段が見つからなかったので、生存してはいるが、就労せず、資産もない、余分な階級をあるがままに認知し、社会全体の負担で彼らを養うことが決められたからだ。

これはエリザベス女王の四十三番目の法令によって行われた。それによれば、教区委員会は貧民を支えるのに必要な税を地区ごとに徴収しなければならなかった。労働不能な者だけは直接の喜捨を受けざるを得ないが、労働可能な者は仕事を得なければならないことが基本原則とされた。」

こうして成立した旧救貧法は約一四〇年間施行される。しかし、産業革命が始まると、実態が大きく変わる。生産が拡大されると、売れ行きが突然に止まり、生産が消費を凌ぎ、工場が停止され、そこで働く労働者は路頭に放り出される。さらに新しい発明は必要な人手を少なくし、貧困が以前よりも荒々しく労働者階級の小屋に襲いかかる。人々は過度な労働で身心ともボロボロになり、貧困や飢餓、絶望に晒される。そして彼らを救うべき教区で徴収される救貧税が莫大な額になり、有産階級を驚愕させる。

「だから一八三四年には救貧法改正案が下院に提出されたが、その要点は、将来は貧民に対し援助は現金ではなく、現物で行われるべきであること、二番目には、施設が許す限り、援助を必要とする人々は救貧院《ワークハウス》に行って、一定の規則と法律のもとで一定の期間を過ごし、社会の他の人々の負担で生活して良いということだった。」

この改正案は無事議会を通過する。しかし、救貧院の評判は最悪で、これまでになく多くの賛否の意見や発言があった。

「新しい法案に対し、特に批難されたのは、救貧院の設備であり、不幸な人々が皆、そもそも敷居を跨ぐのが怖くなるほどその施設によって慈善行為が刑罰になってしまうことである。」

収容された救貧院、「貧者のバスティーユ」[6]では人々は完全に拘束され、家族はばらばらにされ、人間扱いされない仕事や単調な作業に従事させられた。これは強烈すぎて、民衆党の指導者は反対行動に立ち上がる。ステイリーブリッジの宣教師スティーブンズ[7]は民衆を扇動する者の代表だった。スティーブンズによると、政府を狂わせてしまったのはマルサスの、この「生まれながらの悪魔」の人口理論の結論そのものなのだと民衆に説明する。「慈善行為が刑罰に変わった」新救貧法の精神は本当にマルサスの理論との類似性を十分に持っていたので、民衆に理解させるにはスティーブンズのような人間の燃えるような弁舌は必要なかった。そしてスティーブンズに限らず、多くの人にマルサスの理論は毛嫌いされていた。ヴェールトもその例外ではない。「チャーティストの歴史」においても

「マルサス―『人口の原理についてのエッセイ』、最初に刊行されたのは一七九八年―は、世界の人口は完全な自由発展の場合二十五年ごとに二倍になる、つまり幾何級数的な割合で増加するが、食料は世界の現状を考慮し、最も好都合な状況下でも算術的な割合でしか上昇させることができないと想定した。従って、人口は一、二、四、八、十六、三十二、六十四、百二十八、二百五十六と増加するだろうが、食料は一、二、三、四、五、六、七、八、九と増えるだけである。二世紀後には人口は食料と二百五十六対九の比になり、三世紀後には四千九十六対十三の比になり、二千年後にはその差は殆ど計算できなくなる―もし戦争、ペスト、貧困そして死が人口を常に食料と均衡させることがなければ、人類の存続はまもなく不可能になるだろう。これに基づいてマルサスは貧困と悪徳をすばらしいことだと説明する。」[8]

とマルサス人口論の要諦を説明し、その非道ぶりを強調している。マルサスが貧困問題に悩む当局に迎え入れられ、過剰な人口を減らすために、救貧院は以前のような慈善的な施設であってはならないとされたのである。そして、ま

さにこの時期、このマルサスの理論以上に人々を戦慄させるおぞましい著作が現れた。マーカスという人物が著者であるが、その内容は「無痛絶滅理論」という計画的な嬰児殺しである。目的は過剰人口を減らすことである。これはスティーブンズらによって「マルサス主義のミューズと双生児」だと説明される。マーカスの考えたことは、マルサス理論を極端に推し進めれば、至るはずの結論とみなされた(9)。

五

オーウェンのシステムが実践に移され、印紙税、工場労働者の労働時間の現状、そして新救貧法に反対する政治煽動が最高潮を迎えていたとき、アイルランド人ファーガス・オコーナーがイングランドに足を踏み入れ、民衆運動に加わるが、彼の計画は簡単ではない。第七章等で見られるようにイングランドとアイルランドの確執、アイルランド人への偏見等があり、古くからの、保守的になっていたラジカル・リフォーマーとの軋轢があった。彼らは近年の部分的な成功によって、少しばかりの挫折でも努力を続ける勇気を失い、不平を言いながら、妬み混じりに若い活動家たちに噛みついていた。『イギリス・スケッチ』第九章「ラジカル・リフォーマーの歴史」の語り手だった、ジャクソンもこのような人々と関わりが無いわけでは無かった。彼すらもオコーナーを自らの冊子でとことん攻撃する。それでもジャクソンが認めざるを得ないほどに民衆の間にオコーナーの支持者が目に見えて増えていく。

上述の「人民憲章」は数人のラジカル・リフォーマーが起草したが、それは選挙法改正案に至るまでの政治運動と同じ要点を含んでいた。その六つの要点は上に見たとおりである。この要点のために闘うことをオコーナーは自らの義務とし、民衆の大群が彼の周囲に集まって来たので、やがて「ラジカル・リフォーマー」という呼称が消え、革命派はオコーナーをチャーティストのリーダーとすることで「チャーティスト」という名称を受け入れる。

オコーナーが表舞台に登場したのは最も好都合な一瞬で、一八三六年から一八三九年への恐慌は頂点に達していた。工場地帯ではおぞましいほどの貧困が支配していた。それで民衆は労働者の状態を精力的に話題にする定例集会に馴染んだ。一八三九年二月四日ヴィクトリア女王が慣習に従って議会開催の行列に赴いたのと同じ日に定例集会はロンドンの「ブリタニア・コーヒーハウス」で代議員数五十二人を数えて最初の会議を持つ。そこでは女王へ人民憲章の受け入れを願い出る請願書を送ることが決められた。他の労働者の参加を求めるために集会参加者の十五人が各地へ民衆煽動をしに出かけ、各地で歓迎される。各地で一万人から二万人の集会が日常的になった。女性たちのほうが熱心だった。集会の代議員で最も熱心なのがオコーナーで、政治目的で歩き回った時でも一村一集落たりとも訪れないところはなかった。その集会の中でも一八三九年六月一日のマンチェスター郊外カーサル・ムーアの集会は三十万人を下らない人々が集まって、労働者は武装すること、貯蓄銀行から金を取り出し、金融恐慌を起こすこと、「神聖な月」を休む、即ち全土で一ヶ月間労働せず、商工業に強烈な一撃を加えることを決議した。これまでの運動では埒《らち》が開かないので、強硬手段を使って政治改革を強要しようとしたのである。この決議が採択されると代議員たちは各地からロンドンに戻り、請願書を提出する準備に入る。六月には百二十五万人のイングランド民衆の請願書が下院に送られ、受け入れられた。実力行使はこの時に出来たかも知れないが、労働者の同意が無いことが明らかだった。その後蜂起が起こるが、政府は暴力を使って断固とした処置を執る機会を得て、指導者たちはとらえられ、またもや政治変革の試みは敗北に終わる。一八三九年の蜂起失敗と一八四二年の暴動の間はオコーナーの『ノーザン・スター』紙が労働者に注目すべき影響を与えた。というのはチャーティストが原則に配慮し、特に産業の発展とともにますます増加する労働者とブルジョワジーの個別の闘争を可能な限り民衆に報じたからである。同紙は民衆にとって最も信頼できる情報源であり、彼らの唯一の機関紙だった。

労働者の抵抗は次第に組織的になっていく。例えば、雇い主が理由を挙げて賃銀の引き下げを伝える。すると、

「労働者はこの説明を冷静に受け止めるが、すぐに集まって、この処置にどう抵抗できるかを考える。たいていの場合議論を終えてから中心にいる人たちの中から陳情団が選ばれ、直ぐに親方や工場主に連絡し、彼らの処置の残酷さのことなどを話し合い、通知を撤回させようとする。陳情団はすぐ使命を果たさなければならない。説得や脅しでこの件を元に戻すことに成功すれば、この件はもちろん以前の通りだ。それに対して主人たちが労働者の批難に耳を貸すことを拒否すれば、陳情団はデモを三度繰り返してから集会にとって返し、そのうちの一人がどんな友好的な交渉も無益だから断固とした手段を、『ストライキ』を組織すべきではないかと提案する。店に引き留められた雇用者が、従来の雇用条件に無理に戻るために労働者はただちに手を引っ込めて仕事を休むことを義務とするのがこのストライキの要点である。」（SW III/353f）

こうして様々な手段を使って労働者階級は闘争の経験を積み、様々な闘争法を考えつく。両者の争いは年がら年中、好況のときでさえ、絶え間なくイングランドのあちこちで起こっている。

同時期に同じように問題になっていたのは自由貿易と穀物法の廃止だった。両者はセットになっている。当時自由貿易論者の活動も脚光を浴びていた。彼らは自分たちの意図を貫くために民衆の運動を横取りしたがっていたが、人々にはそれがすぐに分かった。というのは自由な流通でもっと大きな商売が生まれても賃銀の切下げがすぐに利点をすべて帳消しにすることをどの労働者も知っていたからだ。自由貿易派は自分たちの要求を通すために労働者階級の支援は欠かせないと考えている。

「一八二九年にカトリックの解放法案を押し通すために、そして一八三一年に選挙法改正のために手を結んだのとまったく同じくこのとき新たに穀物法廃止の運動で連合が組まれた。奇妙な光景だ。たえず私的な争いを通じて喧嘩を始める同じ人間が、それぞれが利害がある政治的処置が重要な時には、突然また言わば良き友人になるのだ。マンチェスターのヨーマンリーのサーベルがあのように破廉恥に打ち砕く絆は、国内の貴族たちにひとつきを加えることが重要なときには、別々よりは一致したほうがよいので、新たに結び合わされるのだ。このような統一はあっという間に出来上がったので、もちろん計画の目標が満たされるまでそんなに長くはかからなかった。」（SW III/356f）

当面の打倒目標は穀物法の廃止である。穀物法は一八一五年地主が優勢だった議会で制定した、対ナポレオン戦争後も穀物価格の維持のために、外国産穀物の輸入に制限をかけようとした法律である。このためパンの価格が高いままであり、労働者はパン価格の低下を求めて、穀物価格の値下げを阻止している穀物法の廃止を求めたし、産業資本家は自由貿易推進のために、労働者階級を引き込んでおく必要があった。しかし、彼らは一方で安価な穀物供給によって労働者の賃銀を下げようとしていた。

「自由貿易論者《フリー・トレーダー》が一般大衆も動員することに成功しなかったなら、このような勢力はほとんど役に立たなかっただろう。彼らはすぐにこれ以上ない偽善的なお世辞で実行しようとしたが、まず労働者に、穀物の自由な輸入がパンの価格を下げる、つまりまったく彼らの利益になることを明らかにしたのである。『高賃銀、低価格、ソシテスルベキ多クノコト。』これが民衆に向けた意志表示のモットーだった。しかし、すでに述べたように大半の労働者は、特にチャーティストはこのようなすばらしい約束事がどういうものか良く知っていた。彼らが自由貿易の支持者に与しているのは単に政治的な理由からだった。」（SW III/359f）

紆余曲折や挫折を繰り返しながらも、最終的には穀物法は反穀物法同盟の広範で活発な運動が功を奏して、一八四六年にはピール内閣により廃止される。

このような状況下一八四二年から一八四五年までイングランドは未曽有の繁栄を享受する。景気の波は周期的に起こる。このような好況の折には民衆の政治精神を活動させるにはふさわしくなかった。この時、オコーナーは労働者階級に人民憲章を思い出させるための機会を逃さなかった。労働者の社会状態を直接改善することを目標にする政治運動を行ったのである。そこでオコーナーは労働者の社会的状態を改善するために、「土地計画」の政治運動を始める。

「オコーナーの土地計画の主要な点は全労働者がごく僅かな金額を払い込んで、会社の株主になり、会社は拠出された金で広大な土地を買い入れ、区分けして籤《くじ》で株主の使用（所有ではない）を決めることを仕事にすることにある。耕作用に一区画を割り当てられた人は全員労働が始められるように家や家具、一定額の金銭を受け取る。この土地計画に利点があることは労働者自身にとってもチャーティストにとっても否定できない。第一にそれまで純粋に商業の運不運に寄り掛かっていた労働者は農耕にたずさわる生活様式でいくらかの災難から守られる。第二に労働者が蓄えたお金が金庫に流入し、銀行家や投機家の基金として市場操作の手段を提供してくれる人々の不利益になるように扱われることはもうない。むしろ、貧しい人々の貯えは貧しい人々自身によって彼ら自身の利益のために用いられるのだ。

第三に特に『小農耕システム』の支持者であるオコーナーは労働で入念に土地に手を加えることは共同で大規模に行われる耕作よりもはるかにいい結果をもたらすと信じている。そして第四に、これが主要な点であるが、人々は少なくとも当面は持てる者になった労働者を通じて次第に選挙で多数の票を得て、それからチャーティスト党が自分たちの最も優れた人々を農会に送る機会がもっと得られることが望まれることにある。

これらがオコーナーがその土地計画に期待する主な利点だが、労働者にはとてもよく理解できて、数年来毎週一、五〇〇ポンドから二、〇〇〇ポンドが国内の全地域から労働者が貯める数ペンスの形でロンドンの共同の国民金庫に流れ込み、それで相当な土地を購入し、オコーナーの計画を実行に移すことができた。

未来はこのような経済的な努力から労働者に普遍的な利益がどの程度引き出されるか教えてくれるに違いない。いずれにせよ政治的に大きく意気消沈していた時代にオコーナーは労働者の注目を集め、彼の党派とそれを結び付け、土地計画でかなりなことを達成したのである。」(SW III/365ff)

このような試みは一定程度の成果を収める。[10] ヴェールトも「このような経済的な努力から労働者に普遍的な利益がどの程度引き出されるか」未来が教えてくれるに違いないと評価する。そしてこのような運動の停滞と進展をヴェールト自身も体験として実感する。


「私は民衆の政治的な正しさの最新の最も輝かしい一幕にいあわせるという幸運に偶然浴することになった。この瞬間は決して忘れられないだろう。

頑固なトーリーでヨークシアのウェスト・ライディング地区選出議員であるバスフィールド・フェランドはすでに他の貴族の全員がすべての希望を断念した後でも保護貿易主義者側に労働者を味方につけようと最後の最後まで試みたのである。この大胆な貴族は約五千人を収容したホールで金属的な声を張り上げて、まず国の古い法律の転覆に反対する根拠を事細かに述べ、次いでイングランドが彼の階級の独占支配の元で経験した幸福な時代を蘇らせた。それを受けて次にイングランド史の最新の一章に移り、産業と中産階級の発展から生まれた苦難についてほんの小さなことまですべてを述べようとした。

集会全体に深い静寂が横たわった。それから演説者が講演の第二部に移り、元の状態へ戻ることや既存のものを保持するように聴衆を説得しようとした—彼の持ち時間は終わっていた。

真実の叙述は歓迎された。しかし、貴族のおびき寄せるような声を聞くのは—もうたくさんだ。嵐のような憤りの声が上がった。最後の、無知な労働者にさえ後戻りではなく前進しなければならないことが分かった。」(SW III/370f)

六

以上のようなイングランドの民衆運動の歴史を知り、現状を知ることはヴェールト自身にとってどのような意味を持っていただろうか。彼はイングランド滞在中にすでに兄ヴィルヘルムに宛てて次のように記している。

「チャーティストの政治運動や請願行動、煽動的な集会によって目的に達しなかった労働者は次々と現在の社会の神経組織をつかむだろう。僕は近いうちに君たちのシュレージエンで起こったのと同じ大騒動がここで起こると確信している。ただこれらふたつの事件の間の違いはシュレージエンでは労働者が牢屋にぶち込まれ、こちらでは労働者が実権を握るということだ。」(SB I/282)

ヴェールトはここですでにチャーティスト運動により組織的な力になっていたイギリスの労働者と、これからようやくひとつの自覚的な階級になろうとしている、ドイツの労働者の相違を述べ、はっきりとイギリスの労働者とドイツの労働者を同じ階級に属する者として、その根拠を認識している。このような認識が第五章で見た詩「彼らはベンチにすわっていた」を巡る状況と関連している。産業革命の波は先発地域から後発の地域へと波及し、その方々で労働者たちに同じ様な運命をもたらす。ちなみにシュレージエンの織工蜂起に関しても、その十数年前にはフランスのリヨンでも織工蜂起が起こっている。生産手段の機械化による合理化は必然的に手工業職人の働き口を狭めて失職させ、彼らをプロレタリア化していく。労働者階級が誕生していく方法はさまざまあるが、原因は産業構造の転換、資本主義化にあり、産業革命とともに資本主義が進展してゆくにつれ、労働者階級は増大し、彼らの窮乏も進み、窮乏が深まると労働者階級の抵抗が強まる。抵抗は初めはイギリスの機械撃ち壊し（ラッダイト運動）のように無意識的で非組織的なものだが、やがて意識的かつ組織的な抵抗へと発展する。そのような過程で労働者は自らが置かれた状況について、その原因、打倒すべき対象およびその方法を意識する。

ヴェールトは上に引いた兄ヴィルヘルム宛ての手紙で、さらに

「お金があるところに悪魔がいる。しかし、お金がないところには悪魔は二倍いる。（…）社会主義の考えはここでは驚くようなやり方で広まっている。我々はここでは続けて二年間の不作を受け入れさえすればよい。［中略］そうすれば革命が準備できている。王の権力や議会の馬鹿げた行為や宗教に対する革命ではなく、私的所有に対する革命である。」（SB I/281f）

と述べている。労働者は単に貧窮を訴えるだけでなく、それを無くすための処置や、そのために本当に倒されるべき主因を意識している。労働者はただ単に貧困から抜け出そうとするのではなく、問題解決に必要なことは打倒される

べきこと――「私的所有」を確実に捉えることや、そのための方法として「社会主義」という言葉に表されているように「社会的」に問題を捉えることである。彼らの貧困の原因は国王や資本家個人の資質の問題ではなく、「私的所有」の関係である。ヴェールトは以前の雇用主、商務顧問官フリードリヒ・アウスム・ヴェールトに宛てた手紙でも

「私は、イギリスは今この瞬間若い男にとってほんとうの学校であると思います。というのはこの冷淡な信心ぶった国民は、首相から低俗な雑貨屋にいたるまで、宗教という仮面をかぶった、できるだけ大きな下卑た行ないをしながら、他方では同時に、あらゆる効果的な世界の動きの先頭に立ち、一挙に混乱の奈落や純粋に人間的な努力のみごとな領域へと展望を開くからです。おまけにイギリスはこの次の革命が成長している地域であるように思われます。というのは普通の男の貧困や不満がここほど燃えているところは無いからです。国民の反対運動の指導者たちはこれを的確に利用し、[中略] 襲撃を直接今の社会の神経に、お金に、私的所有に向けるべく彼らの目的のための新しい手段を発明しました。そのとき彼らは [中略]『貴族は君らから何世紀にもわたって盗みを働いた。君らの商人や工場主は君らから毎日のように盗みを働いている――私的所有に宣戦せよ、君らは勝利を収めるだろう』と国民に説明しているのです。」(SB I/286ff)

と述べ、「私的所有」、すなわち私有財産制度こそが労働者の打倒すべき対象であることを強調している。まさに「所有」関係を変えることが、社会変革であり、それによってみずからの貧困を根絶することができるのである。さらに、「労働者の連帯」との関連で述べるならば、次のヴェールトの表現が的確に説明してくれる。

「これからのことについて一つの例を挙げよう。何故ならまさに羊毛を機械で梳くザクセンで発明されたシステム

を、イギリス人によって完全なものにさせることが問題であり、そのためにあの三万人はきっと近いうちに自動機械の発明によってマンチェスターの労働者に不意に訪れたのと同じ運命を持つことになるのは、もはや疑う余地がないからだ。」(VT I/67)

七

この章の最後にヴェールトが知った、イングランドの労働者の実態が作品にどのように表されているか、未完に終わった「小説断片」(一八四五~四六年頃と推定)にその実例を見てみよう。この小説は名前も付けられずに、文字通り「断片」のまま遺稿として遺されたが、ヴェールトがこの作品でしようとしたことは、ドイツの没落していく「封建貴族」、新興の「ブルジョワジー」、そして後者に付随して成立する「労働者階級」の三つの階級を対立的に、重層的に描くことである。作品が未完に終わったこともあるが、小説としては断片的で、書き足されなかったことが多すぎて、まとまりに欠け、登場する三つの階級の描き方も図式的過ぎて、決して読み応えがあるものではない。しかし、それでもブルジョワジーと労働者階級の描写はヴェールトが日々接していた世界であるので、それなりに書き込まれており、興味深い。本書と関連して最も強調すべきは、イングランドとの関わりだろう。小説全体の舞台はドイツ、ライン地方のとある町である。この町の工業や労働者の状況はまだイングランドほどまでではないが、それなりに工業化が進み、工場主プライス氏は工場労働者を思いのままに扱っている。登場する代表的な人物は貴族のダンクール男爵で、(11) 彼はすでにほとんどの財産を無くしている。そして工場主プライス氏、金儲けのことしか頭に無く、工場を建てるために、ダンクール男爵に最後に遺された城館を奪い取ろうと虎視眈々と狙っている。そして、イングランド帰りの労働者エドゥアルト、彼はイングランドの労働者に混じって働いた経験があり、それを故郷の町でも工場で働く仲間のために役立てようとしている。エドゥアルトはかつての雇い主プライス氏を極端に嫌っている。それを妹マリーは宥める。彼女の考え方は境遇に甘んじることだった。しかし、自己主張し、行動するイングランドの労働者を見てきたエドゥアルトは

「お前はプライス爺さんに、二人の輝かしい息子の父親に破滅させられた労働者の子どもではないか。お前は、お前の傍らに座り、年齢よりも早く老けて白髪になって、同じようにあのプライス爺さんにダメにされた母親の子どもではないのか。あの悪魔野郎に永遠の怒りを誓った兄の妹ではないのか。お前は誇りが唯一の装いであるこの小屋に生まれたのではないか。［中略］おれたちの主人がほんの僅かでも善意を見せることは耐えられない。何故なら結局の所やつらはおれたち貧乏人と触れあったとたん強欲さと偽善の組み合わさったものになるのさ。昔はおれもそんなふうには考えなかった──しかし、冷たいイングランドがおれを正気にさせたんだ──」（VT II/ 313）

エドゥアルトもイングランドに行く前は当然のように母親や妹と同じ考え方をしていたが、イングランドでの体験が彼の認識をすっかり変えてしまう。ではどのような体験をしたのだろうか。プライス氏の工場で働く仲間の労働者に問われて彼は次のように答える。

「例えば、イングランドのある町で三万人が従事する梳毛工はかなり前から倦まずたゆまず主人のために働いてきた。以前であれば、良い賃銀が与えられた──彼らはそれで豪華な暮らしができた。彼らは結婚し、父親になり、いつでも妻や子供たちの面倒を見ることができるとしか思っていなかった。彼らの当ては外れてしまった。いつも安く生産することが重要で、最も廉価な商品で同業者をしのげるように、一方が他方よりも経費をかけずに、生産す

ることを考える工場主はしだいに生産コストをどんな方法でも減少させることで労働者の賃銀を下げるシステムに移行したのだ。」（VT II/ 339）

勿論産業革命により生産性が上がり、有利な条件で商品を売ることが出来ると生産に従事する労働者にも良い賃銀が与えられることもある。しかし、資本家同士の競争が激しくなると値下げ競争と一層の生産性向上が求められ、そのために一番のしわ寄せは労働者に向かう。賃銀引き下げにより、生活が苦しくなると労働者は雇い主に苦境を訴え、待遇の改善、賃銀の引き上げを要求する。しかし、

「主人たちは労働者を笑い飛ばし、説明した。商売は日ごとに悪化している、工場主たちはそれで苦しみ、労働者もこの十字架の一端を自ら背負わねばならない、と。労働者は騙された—賃銀は下げられ、運命に従うしかなかった。」（VT II/ 339）[12]

これでは労働者は自らの不運を嘆くしかない。しかし、イングランドの労働者はドイツ・ライン地方の労働者とは違っていた。

「イングランドの工場労働者はブルジョワジーに対する立場については他のすべての国々の労働者よりもはるかに分かっていた。彼らは雇い主たちが労働者なしではやっていけないこと、まもなくこの二つの階級間にいつかはもっとはっきりと決着を付ける時が到来することを知っていた。だからイングランドのたいていの労働者は無愛想に誇り高く、挨拶もせず、眉一つ動かさずに、武骨に、生真面目に雇い主の前に歩み出る。彼らはお金を一枚一枚

数えさせ、確かめ、悠然と手に取り、礼も言わず、挨拶もせずに体を回し、入ってきたときと同じように武骨に、生真面目に、誇り高く部屋を去っていく。」（VT II/ 326）

これに比べるとドイツでは大いに異なっていた。賃銀支給の時でも、イングランドの労働者は受け取ることは当然のこととする態度を取るのに対し、ドイツでは労働者はまだ中世の封建制度の時代のような「雇い主に対してはまだとてもうるわしい農奴制の関係」（VT II/ 326）にある。しかし、イングランドの労働者は堂々とし、雇い主に対しても対等の態度をとる。彼らは雇い主の恩恵によって雇われているのではない、雇い主が必要とする労働力を賃銀と引き替えに売り渡しているにすぎない。満足できる、生活できる賃金が支給されないときには雇い主に対して反抗的になる。

「しかし、労働で手にする賃銀では決して満足できなかった。何故ならそれでも彼らは飢えていたからだ。だから工場主とのなごやかな交渉がすべて無駄だと分かると、彼らはついに、窮鼠猫を噛むと考えた。そして中心の最も経験豊かな人々を選び、ある日曜日の朝戸外の近くの丘の上に人を集めさせ、どう困窮から脱するかの手段について考えるように命じた。

彼らが名付けるところでは、この労働者「集会《ミーティング》」には彼らの問題については短く語り合った後では、決然たる強硬手段だけではこの件はわずかしか変えられないことが分かりすぎただけだった。手に武器を持って社会に抵抗して立ち上がることは血まみれの結果を、さらに大きな不幸をあらゆる方向にもたらさざるを得なかったことの他は、彼らには、自分たちは大勢だが、戦いでは決して支持してはくれない国内の全住民に比べて孤立しすぎているので、この戦いでは打ち負かされるだろうと思われた。それ故、これは何もなしだった。「こうしたらどうだろう」と不意に声が上がった。『荒々しく立ち上がる代わりに、突然三万人が拱手傍観したら、そして甚だしく多く働く代わりに今度はもう何もしないというのはどうだろう。武器を磨きもせず、羊毛を梳きもせず、一言で言えば、貴族を演じて数週間散歩するというのはどうだろう。我々の主人は血まみれの攻撃と同じように正気に戻るだろうか。工場主は自分の財産を、所有者が莫大な額を失うのでなければ、つねにかかわってしまうと思える巨大な工場に注ぎ込んだのだ。

もし、今我々が仕事を放棄すれば、彼らにとってはすべてが突然休止してしまうのだ。』」(VT II/ 339)

イングランドの労働者は自分たちだけで「集会《ミーティング》」(13)を開き、協議し、必要があれば、団結してストライキも辞さないという態度を取る。もはや恣意的な雇い主を全面的に信頼することもなく、自らの待遇改善を求めて集団による、そして肝心なことだが、同盟罷業《ストライキ》という、組織的な示威行動に出ることさえ厭わない。エドゥアルトが語るイングランドの労働者の実情はプライス氏の工場で働く仲間の労働者にとっては信じがたく、理解しづらいことばかりだった。

しかし、エドゥアルト自身もイングランドで驚きとともに学んだのだ。その様子を語り手は次のように述べている。

「彼は遊びながら現代を動かすことを学んでいたのだ。工業、商業、政治—すべてが彼の心に残った。彼は自由な商業、自由な競争、過剰生産、プロレタリアート、そして類似の点がどのようであるか、故郷の町の多くの教授たちよりもよく知っていた。というのは生活が、直接見たことが彼を成長させ、自然な関心が彼の自由な感覚を、これ以上ないほど世界の種本作者を勤勉に勉強して可能なことよりも一つ一つの正しい印象への感受性を強くし

た。」（VT II/ 342）

まさにエドゥアルトにとっても、作者ヴェールト自身と同じようにイングランド滞在期間は「イングランド修業時代」だったのだ。その学習過程でエドゥアルトは労働者の示威行動も決して成功することはないことも知る。しかし、重要なことは敗北の意義も充分に理解していることである。

「ひどく不幸な結末になっても、そんな戦いは大いに役に立つ。イングランドの労働者は何年も前からこれ以上ないほどの悲惨な経験をしたにもかかわらず、今日にいたるまで自分たちの努力を新たにすることを怠らなかった。何故なら、一方で主人の残虐さによってそうするように挑発され、そのような戦いの誘発はごく間近にあり、他方で、これが大事なことだが、多かれ少なかれ非常に困窮し、順番どおりに同盟罷業《ストライキ》を強《し》いられる全労働者階級が次第に交戦の方法に慣れることを、同じ状況と運命が互いに折り重なって一つになることを、そしていつか工場主の圧力が劣悪な営業状態によって、製品の過剰生産によって、不作などによって、同じ瞬間に予想通りのことがさらに耐えがたくされ、あの規模での蜂起が莫大なエネルギーで始まらなければならないことを、工場主の行動に結末を付け、どんな抵抗が民衆の面前で不可能になるだけでなく、全面的な転覆が始まることを、現在の諸制度でも完全に破壊し尽くされ、新しい法律と制度の下で全住民が幸福のための第一歩を踏み出すことを知っていたからだ。」（VT II/341f）

労働者階級が権利闘争において勝利を収めることは容易ではない。しかし、経験を重ねることで、戦い続けることでやがては自分たちに有利な状況が訪れることを確信している。

「俺が話すことは本当のことだ。イングランドでは女性たちは公然と手をつないで歩くところまできている。一緒に協議する、この集り以外に集会《ミーティング》を自分たちの間だけでも開き、互いに夫や恋人たちをもっと煽動し、本当のヒロインのように自分たちの企てたことで支え、きちんと維持することを義務づけることもまれではない。卿や大臣たちとともにこの大胆な女性たちはそのような瞬間にはまるでそれが頭が空っぽな奴やでくの坊のように立ち回るのだ。」(VT I/393f)

このようなイングランド体験はエドゥアルトを自覚的な、自らの階級がどのようなものであるのかをよく理解した労働者にした。[14] 父親と違い、工場労働者の置かれている状態を遺憾に思い、経営者の立場から何とか改善する方法はないか考える息子アウグストがエドゥアルトと話しをしているうちに、援助の手を労働者に差し出すことを言うと、エドゥアルトが「労働者は支えられることなど必要ありません」(VT II/ 352f) と答える。この自覚した点がエドゥアルトがドイツ文学史上初めての「階級意識を持った (klassenbewußt) 労働者」(ブルーノ・カイザー)[15] とされる所以であり、「小説断片」が、まさに「断片」であり、構成も完全ではなく、完成度は非常に低いにもかかわらず、他の同時代の貧しい人々を登場させた作品とは違う文学史上の重要さを持っている点である。

第七章　アイルランド

ヴェールトにはアイルランドに渡った形跡はない。一八四三年秋のロンドン旅行、さらに同年末から二年余りのブラッドフォード滞在、そしてその後の度重なるイングランド訪問、アイルランドからの渡航船が発着するリヴァプールに行ったことがあるにもかかわらず、である。生涯を旅に明け暮れたと言っても過言でなく、好奇心の塊のようなヴェールトが、何故と思わざるを得ない。では何故、本章でアイルランドを取り上げようとするのか。たとえアイルランドに渡った形跡が無くとも、彼がアイルランドに関心を持たなかったわけでは勿論ないし、当時のイギリスを見る上でアイルランドの存在を抜きにすることができないからである。さらにイングランド滞在時に成立したと思われる抒情詩や散文にアイルランドやアイルランド人への言及があるからである。さらにそれは彼のイギリス像において重要な一角を占めているように思われる。本章ではこのような観点から彼が作品に描き、言及したアイルランドやアイルランド人の姿について、考察を進める。

さて、ヴェールトが何時の時点で初めてアイルランドのことを知り、アイルランド人と接触したかは無論分からない。彼の場合作品そのものも成立年代が確定できないものが多いからでもある。それでも遅くとも一八四四年半ばにはアイルランドやアイルランド人のことも知り、接触もあったようである。

「昨日昼の十一時に路上で一人のアイルランド人にぶつかりました―僕たちはいくらか殴り合いました―そして僕たちがすぐその後で互いに姿を消さなかったなら、不快な口論をし、足で蹴り合っていたでしょう。」（SB

I/271f.)

とイングランド滞在中彼は母親に宛てた書簡で書いていることがそれを証言する一例であり、また、アイルランドやアイルランド人に関わるいくつかの作品発表年次もヴェールトの同時期の関心を裏付けている。それ以上に一八四三年末にブラッドフォードで働き始めてすぐにアイルランド人の実際を知った可能性が大いにある。何故なら、後に見るようにブラッドフォードにも多くのアイルランド移民が居たからである。

ヴェールトがイングランドに滞在していた頃のアイルランドはどのような状況下にあっただろうか。一六〇三年にそれ以前のイングランドの侵攻への抵抗および度重なる反乱が鎮圧され、イングランドの支配下に入ったアイルランドはその後も断続的にイングランドの搾取と抑圧を受けてきたが、一八〇〇年最終的にイギリスに併合される。それ以降の歴史は二〇世紀初頭に「アイルランド自由国」となり自治権を獲得した後、第二次世界大戦後の一九四九年になってようやく「アイルランド共和国」として遂にイギリスの支配を逃れるまで、常にイングランドからの独立を、抑圧や差別からの解放を求めることがアイルランドの歴史であったと言うことができる。ヴェールトが関わりを持った一八四〇年代はイングランドにとっても「飢餓の四〇年代《ハングリー・フォーティズ》」と呼ばれる、窮乏の時代であったが、その困難さは隷属させられていたアイルランドにとってはなおさら過酷な時代で、国外への移民の波が途切れることなく続き、抵抗運動も連綿と続いた。足を直接踏み入れなくても、彼は友人知人や様々な所からの情報を得ることで、このような状況下にあるアイルランドと間接的に関わりを持ち、確実に抒情詩や散文に反映させていたのである。

一八四四年に書かれ、『ケルン新聞』（一八四四年七月二一日付け）に掲載された、上述の抒情詩「海上の日曜の夕べ」は次のような一節で始まる。

「太陽は塩辛い流れへと傾き
アイルランドへと船は進み、吹き流しが飛ぶ
海は夕暮れの灼熱の輝きに映えて
辺り一面野薔薇の野のように見える
空中高くカモメは歌い
海流の音が鈍く
神を讃える祝典の合唱のように押し寄せてくる――
海上での、日曜日の夕べのことだ」（第一連、SW I/131）

この詩に登場するドイツ人たちは望郷の念に駆られながらも、アイルランドを目指しているが、その海の向こうの国は「オコンネルの国、素晴らしいエリン――／まるで希望の姿であるようなエリン」であり、やがて「微笑みながら海中から曙光が上って」（最終連）来る国である。因みにこの詩は上の母親宛書簡に記されているアイルランド人との一件よりも以前に発表されているが、まず彼の最初のアイルランドへの見方が、最終連のようなアイルランド観が現れている。

ブラッドフォード滞在中の一八四五年にはアイルランドにとって最大の苦難、即ち、病害虫によるジャガイモの大凶作が起こっている。すでに何度もジャガイモの凶作は経験していたが、食糧の大部分をジャガイモに負っていたアイルランドにとっては壊滅的な打撃をもたらした。しかも、この後数年同じ状態が続き、難民同様に大量の国民が国外へと出ていった。このときヴェールトはこの出来事を扱った抒情詩「災難に遭ったジャガイモの歌」（一八四五年）を書いている。この詩の主人公は「哀れな、病気のジャガイモ eine arme, kranke *Kartoffel*」である。ジャガイモは

夜物置に横になっていて、同類の「貧しい武骨男 armer *Stoffel*」に話しかける、

「ああ、芋野郎、不幸な男よ、
俺は死ぬのだと感じてる
もうじき死に神が、ひどい奴がやって来て
俺を地上からさらってゆく」（SW I/197）

話しかけられた男にはお腹をすかせた子供たちがいるが、ジャガイモは自分たちが亡くなれば、その子たちがどうなるかと心配する。そしてついには

「あの子たちは高地で低地で死んだ
あの子たちは苦しみ、すすり泣いて死んだ
あの子たちはイングランドの白い海岸で、
エメラルドグリーンの島(1)で死んだ」（SW I/197）

とあるようにイングランドやアイルランドの各地で餓死し、最後に病気のジャガイモは「あの子たちは死んだ、そして俺はあの子たちの後を追うのだ」と言って沈黙する。ジャガイモの胸は張り裂けそうだった。すると「武骨な男」はしゃくり上げ、妻子と夜通し泣く。この詩にはアイルランドおよびイングランドのジャガイモ飢饉の悲惨さが、詩人の同情と冷静な眼で語られている。

成立年代のよく分からない抒情詩「メアリー」は最初の詩とは逆にアイルランドから渡ってくる女性が主人公である。

「アイルランドから彼女は海流に乗ってやって来た
彼女はティペレアリーからやって来た
彼女は温かい気質だった
若い乙女、メアリーは」（第一連、SW I/209）

と始まるこの詩ではメアリーはリヴァプールの港で船員たち相手にオレンジを売っている。港はキリスト教徒であるイングランドやアイルランドの人々だけでなく、モーロ人、ペルシア人、ムラット、そしてユダヤ人など多くの人々で賑わっている。そんな雑踏の中メアリーは冷やかしの声をかける男たちには目もくれず、オレンジを売り続ける。

「そして瑞々《みずみず》しい黄金の果実で
儲けたお金を持って
素早く彼女は家に帰る
怒ったような顔をして
彼女はお金を掴み、閉じこめる
そして一月になってようやく
素早く上手にアイルランドへと送った

ピカピカの現生を
『これは我が民族のため
これをあなた達の金庫に送るわ
サーベルと手斧の音をお立て
そして古《いにしえ》の憎しみを掻き立てて
ティペレアリーのツメクサを荒々しく繁らせたい
薔薇のイングランドよ
メアリーからオコンネル様へ挨拶を送って』」（最終連、SW I/211）

この詩には二つの要点が含まれている。一つはアイルランドから多くの人々がイングランドへ移っていったことであり、その玄関口はリヴァプールであった。この港町自体にも多くのアイルランド系の人々が住み、そしてさらにイングランド各地へと移住している。もう一点は長い間イングランドに蹂躙されたアイルランドの人々の抵抗の心情である。侵略、虐殺、収奪、差別、諸権利の剥奪等幾度となく繰り返されるイングランドの仕打ちによって、アイルランドの人々は心底イングランドを憎んでいる。そのような心情がメアリーのような行動を生み出すのである。また、アイルランド人が港でオレンジ売りを女子供にさせることは、『イギリス・スケッチ』第七章「イングランドの労働者」においても次のように触れられている。

「アイルランド人は無能な雑貨屋だ。せいぜい黒い眼の娘たちにオレンジを売らせるぐらいで、彼女たちの眼のほ

うがたいていオレンジより美しい。」(SW III/205)

さらに、アイルランド移民については、抒情詩「あるアイルランド移民の歌」(2)が取り上げている。これは「私ich」が亡くなったアンナという名の女性に向けて語りかけるという形式を取っている。

「アンナ、今私は座っている
かつて二人で仲良く座ったベンチに
五月の麗《うるわ》しい朝に
お前が私の花嫁だった時
瑞々しく青く麦が芽を出していた
そしてヒバリの鳴き声が遠くまで響いていた—
アンナ、お前の唇は薔薇のように紅かった
お前の眼は愛らしさに溢れていた
アンナ、ベンチはあのときと全く同じだよ」(第一連前半)(3)

このように男は過去を振り返る。かつて一緒に座ったベンチに変わりなく、再び麗《うるわ》しい五月が訪れ、麦は再び青々と茂る。

「お前の辛抱強い微笑みに感謝する

お前は飢えに苦しんでも
私のために苦痛を隠し
一言も口に出さなかった
［中略］
今はもう何もお前を
苦しませるものがないところに
いることは嬉しい
さらば、私はここを去らねばならない
故郷の海岸を離れねばならない
しかし、アンナ、お前のことは忘れない
遠い異国の土地に
そこにはパンが充分にあると言われている
そして太陽は決して休まない――
しかしそれでも私は古いアイルランドを、お前を決して忘れない
たとえあちらがお前より三倍美しくとも」（第三連）(4)

男は故郷への思い、亡くなったアンナへの想いを切々と述べながら、新しい国目指して、アイルランドを立ち去ろうとする。立ち去る原因はひとえに貧しさであり、飢餓である。

アイルランドの守護聖人はアイルランドにキリスト教を布教した聖パトリックであるが、抒情詩「あるアイルラン

ド人の祈り」はこの聖人への呼びかけで始まる。

「聖パトリック、偉大なる守護聖人様
あなたは天国の玉座にお座りになっている
ああ、お恵み深い注意力をもって私をご覧下さい
私は哀れなパディです」（SW I/216）

「パディ」というのはアイルランド人の蔑称である。

「聖パトリック、ご覧なさい、もうじき夜が来ます
イングランドから冷たい風が吹き寄せています
ああ、手前のボロボロの上着をご覧下さい
そして穴のあいた乞食袋も」（SW I/216）

このアイルランド人は生きるのに疲れ果てている。聖人への彼の願いは人間以外の生き物へと変えてもらうことである。

「聖パトリック、お好みの通りになさいませ
世界は広く美しいのですから

お望みのものに私をならせて下さい
こんな人間の姿だけはごめんです」

そうしてかれは次々と具体例を挙げ、人間である現在よりも良いとそれぞれの利点を詳しく述べ、

「しかし、聖パトリック、ああ、あなたの耳を塞《ふさ》いだままにしないで下さい
私は相変わらずパディでいるでしょう
すべてがこれまでのままでしょう、そして夜は寒い
そしてあのダン・オコンネルは太り、年を取るでしょう」（SW I/217）

このオコンネルは上述の「海上の日曜の夕べ」にも引き合いにされていたようにアイルランドの民衆運動の指導者であり、イングランドからの独立運動を進めた人物である。これに象徴されているように、詩の「パディ」野郎は決して絶望したままではいない。かすかな希望は持っているのである。

アイルランド人が惨めな境遇に置かれた存在であることはここまでの抒情詩にも見て取れるように、ヴェールトにも充分に分かっていることである。しかし、彼はそこから抑圧された者同士、貧しい者同士の連帯も強調する。第五章でも取り上げた抒情詩「ドイツ人とアイルランド人」ではそのような姿が描かれる。

「イングランドの夜はとても寒かった
屈強な二人の若者が

ドイツ人とアイルランド人が出会った
そうして眠ろうと藁束の山に身を沈めた

一方が相手を見た
どちらも考えた『俺の相棒は
この海岸に住む奴ではない
異国に生まれた奴輩《やつばら》だ』

そして同時に呟《つぶや》いた
『ああ、あれは苦しみと悩み
まだ良いことがなかったように見える
見ろ、奴の上着とお粗末なズボンを』

そうしてとうとう大声で笑いながら同時に叫んだ
『それで君もうまく行ったためしがなかったんだね』
そして互いに挨拶を交わしたが、
高らかにドイツとアイルランドの言葉で響き渡った

互いに相手の言うことは分からなかったが
心から手をさしのべ合った
そして喜びと苦しみの同志になった

何故なら二人とも哀れな野郎だからだ」（全文、SW I/215）

このようなことは現実にはあり得なかったかも知れない。しかし、ヴェールトにとっては望みうる、そして望ましい姿だったし、「ドイツ人の」若者にとって手をさしのべ合う相手が、イングランドで社会の底辺に住む、抑圧、虐待され続けてきたアイルランド人であることに、ヴェールトにとって重要な一つの意味を、同一階級に属する者同士の国境を越えた連帯の重要さを見て取ることは難しくはない。第五章で見たように、彼は他の抒情詩、例えば、「彼らはベンチにすわっていた」においても労働者階級の国や民族を越えた連帯を讃えているからである。

一方散文においてもヴェールトはアイルランドやアイルランド人について様々に言及している。『イギリス・スケッチ』第七章「イングランドの労働者」はヴェールトの散文の中で最もアイルランド人についての記述が多い。ヴェールトはブラッドフォード滞在中色々な人々と知り合い、様々な場所へ出かけていったが、第三章でも述べたようにヴェールトはスコットランド人医師ジョン・マクミキャンの後についてブラッドフォードの貧民街を歩き、底辺労働者の悲惨な生活を目の当たりにした。アイルランドからやって来た労働者はイングランドやスコットランドからの労働者以上に社会の底辺を形成し、その日暮らしの生活を送っている。「イングランドの労働者」で「私」はマクミキャンとともにいつものように貧民街を訪れる。そこで彼らは喧嘩して怪我をしたアイルランド人と出会い、マクミキャンが治療する。何故に喧嘩に至ったかをアイルランド人は語るが、ここにイングランドへ渡ってきたアイルランド人の置かれた境遇と日常がよく描かれている。

「『だがトムは』と彼はすぐに続けた。『私をまったく理解しようとしませんでした。彼は、お前らアイルランド人はみんなひどく卑劣な奴らなんだ。お前らは悪党みたいに生活するためにイングランドに来るだけなんだと言いました。ナゼ、先生、他のことが可能だって言うんでしょう。私はティペレアリーからこちらイングランドへ来ましたが、途中で十回も物乞いの方法を習ったので、乞食もそんな悪いものじゃないと思っています。運がいいときには人々は私たちに何かくれます。何もくれないときには私たちが人々を嘲笑します。両方が楽しんでいるんです、先生。しかし、人間は誇りを持つこともあります。だから私は羊毛を梳きます。乞食をしなければならないか、それとも羊毛を梳くかです。しかし、乞食をしていたときに私が悪党のように生活していたとしても、働くようになったら悪党ほどのいい生活を送っていたというのでしょうか。確かにそうです。乞食である私は他人にとっては悪党であり、労働者である私は私自身にとって悪党であることに違いがあるだけです。私は乞食をするときには怠けることで人々のポケットからお金を引き出します。それは正しくありません。しかし、私はずっと健康ですし、その上陽気です。それは正しいことです。しかし、私は働くとき、労働で自分のパンを稼ぎます。それは正しいことです――しかし、そのとき私は手足が不自由になります。それは正しくありません。彼らは今では眼も耳もだめになるほど哀れな奴を働かせるからです。そうして土曜日が来ると賃銀を払います。しかし、それで幸せになることもなく、事態がどうなるかも分からず、年をとります――しかし、それ以上年をとることはありません。』

そこでアイルランド人は黙り、その黒い眼で改まってとても真剣に私たちを見つめた。」（SW III/199f.）

エンゲルスも『イングランドにおける労働者階級の状態』において、アイルランド人のことについて述べている。短くはあるが、その一章を特にアイルランド人移住者に割り当てている（「アイルランド人の移住」）。そこでの彼の見解は次の通りである。

「もしイングランドがアイルランドの多数の貧しい人口を意のままにつかえる予備軍としてもっていなかったとす

れば、イングランドの工業の急速な伸長はおこりえなかったであろう。アイルランド人は故郷ではなにも失うものがないが、イングランドでは手に入るものがたくさんある。そしてセント・ジョージ海峡の東側では、腕力のある者は安定した仕事とよい賃金を見つけられることがアイルランドで知られたときから、毎年アイルランド人の群が海峡をわたってきた。これまでに百万人以上がこのようにして移住してきており、いまもなお年五万人の移住者があると計算されている。これらの移住者のほとんどすべてが工業地帯へ、つまり大都市へ身を投じ、そこで人口の最下層階級を形成している。このようにして、ロンドンには一二万人、マンチェスターには四万人、リヴァプールには三四、〇〇〇人、ブリストルには二四、〇〇〇人、グラスゴウには四万人、エディンバラには二九、〇〇〇人の貧しいアイルランド人がいる。これらの人びとはほとんどがなんの文明にも浴することなく成人し、あらゆる種類の欠乏に若いときから慣れ、粗野で酒好きで、将来に無頓着である。彼らはこのようにして移住し、教養や道徳性にほとんどまったく引かれることのないイングランド人口の一階級のなかへ、彼らのあらゆる野蛮な習慣をもちこんでくる。」(5)

イングランド社会の底辺を形成するアイルランド移住者の占める意味についてのエンゲルスの指摘は的確である。アイルランド人は故国を追われるようにして、イングランドへ渡ってくるが、そこでは最底辺とは言え、ともかく仕事にありつける。彼らの行く先は引用文にあるような、主として新興の工業都市や大都会である。ヴェールトは上記のようにブラッドフォードでアイルランド人と接しているが、それ以外にも特にエンゲルスとともにマンチェスターでそこに居住するアイルランド人を多く見ている。アイルランドから船でイングランドへやって来るアイルランド人の上陸地リヴァプールから遠くないマンチェスターは「リトル・アイルランド」を擁するほどのアイルランド人の多い町の一つである。それらの都市で彼らは、場合によっては極めて低い賃銀に甘んじるが、そのため彼らに仕事を奪われたと思うイングランド人に恨まれながら底辺労働に従事している。それ以外にもアイルランド人はイングランド人とは異なる生活習慣や文化も持ち込み、異文化摩擦も起こす。イングランド人はイギリス国教会の信徒が多数であるのに対し、アイルランド人はカトリック教徒であるので、宗教的な反目とともに、宗派の違いから労働観の相違も生じている。

一方、ヴェールトはブラッドフォードで見かけたアイルランド人の性格について次のように述べている。

「アイルランドの男は世界で一番呑気な人間だ。彼は妻と子を連れてよくイングランドへ渡って来る―ブラッドフォードでは、例えば、工場で数千人のアイルランド人が働いている―イングランドでパンと幸福が見つかると考えているが、思い違いもよくある。結婚していなければ、まだなんとかなる。家族がいれば、ほとんどいつも少なくとも最初はものすごい困窮に陥ってしまう。残念なことにアイルランド人は家事をやりくりできないからだ。彼らは瞬間だけを生きている。次の日はまったくどうでもいいのだ。彼は心が促す行動だけをとる。十分間のうちに獅子のように荒れ狂ったかと思うと、子羊のように敬虔でいることができる。お金があれば、じゃがいもやパンでこの上なく満足し、自分の運命をとてもすばらしい機知で慰める。財布が一杯であれば、持っているものを投げ捨てるし、最悪の困窮の時に最も快活にはしゃぎ回る。彼らはどんな状況でも独創的だ。個人の不運が国民の大きな貧困になるにちがいないことが彼の念頭にぼんやりと浮かんでいるようだ。だからもう嘆くまい。ユーモアが彼の魂を連れて行ってしまった。彼は笑い、泣き、そして何故だか分からない。彼は死ぬ、そして何故だか分からない。

イングランドにいるアイルランド人の呑気さは当然彼を二倍に貧しくする。イングランドの労働者は景気のよい時に衣服や家具を購入するという点では少なくとも将来を気にかけている。しかし、アイルランド人にはどうでもよいことだ。彼は今日生きたということで満足している。彼はボロ着を着て歩き回る。薄汚く、気味が悪い。眼だけが永遠の美しさに輝いている。その眼が物悲しげに真剣に、あるいは陽気にそして熱く世間を見つめると人々は思わずギクッとするのだ。」(SW III/202f.)

このような、最底辺の生活を送りながらも暢気に過ごすアイルランド人に対する見方はエンゲルスとも共通している。アイルランド人はヴェールトの眼にもまことに気の良い、そしてだらしない人たちに見える。しかし、彼らは惨めな状態にもあるのだ。エンゲルスに見られるようにイングランドの工業化された都市の最下層を形成しているのは彼らであり、その異質な風習や文化故に彼らはイングランド人や他の人々に蔑まれているのだ。しかし、彼らがこのような状態にあるのは、アイルランドのさらに惨めな現状とそれをもたらした様々な要因、殊に数百年に及び、一八〇三年にいたって頂点に達したイングランドによる度重なる侵略、奪略そして抑圧が要因であると見なさざるを得ない。

ヴェールトの眼に映ったアイルランド人はイングランドにいる最下層の人々だけではない。イングランドによる抑圧に抗し、アイルランド人の権利を主張し、民衆運動を繰り広げた人々もいる。その代表が前にふれたオコンネルであり、ファーガス・オコーナーである。オコーナーは単にアイルランドの独立運動や民衆運動の活動家としての枠を超えて、イングランド民衆をも巻き込む、民衆扇動家としても見られている。即ち民衆全体を解放することは抑圧されたアイルランド民衆をも解放することになるのだ。彼が民衆の間で大きな支持を得ていたこと、人気があったことは、ヴェールトの次の文章でも明らかである。

「チャーティストたちが持つ領袖への細やかな心遣いはかなり大きい。彼の名前をすっかり洗礼時に利用して、男の子にウィリアム・ファーガス・オコーナー・トムソンやリチャード・ファーガス・オコーナー・ジャクソンと名付けて、当然粗野なアイルランド人の名前よりも暦にのった名前のほうを使いたがる聖職者の怒りを買うことも何度もあった。

すでに述べたようにオコーナーはアイルランドの最も古い家族の出身である。彼の所有地はかなりなものだったので、これ以上ないほど私心なく行った民衆煽動が彼の収入を上回る金額をもたらさなくても他の旧家の人々のように彼は何の心配もなく生活できた。だからオコーナーがアイルランドに所有する財産は一部分売却されねばならなかった。彼に残された領地はたくさんの負債を担っていた。法廷弁護士の彼はもちろん不足を補うことができただろう。彼は複雑なイングランドの法制度に習熟していたからだ。」(SW III/318f.)

すでに指摘したように、イングランドは長年に渡り、アイルランドを侵略し、土地を奪い、搾取し、抑圧や弾圧を重ねてきた。併せて多数のイングランド人が入植し、支配した。その影響は現在にまで及び、ようやく独立を達成してもアイルランド島全島というわけにはいかず、今でも「北アイルランド問題」として問題を解決するには及んでいない。イングランド人入植者の子孫とは言え、彼らも「アイルランド人」と自らを理解していることが多い。そのような人物の一人についてヴェールトは紀行文「カニンガム」(一八四七年)の中で述べている。それによると彼は、ヨーロッパ大陸でのとある旅でカニンガムという若者と出会うが、そのときアイルランドの飢饉のことが話題になる。そのとき相手は「自分の領地では餓死者は一人だけだった」ことを自慢する。ヴェールトにはそんな物の言い方が当然気に入らない。彼は「一人だけ」という言葉に憤慨し、アイルランドの現状はその程度ではすまないと思うが、それでも善良で本質を知らない若者が帰ってゆく先のアイルランドでうまくやっていけるようにと願い、次のように綴る。

「アイルランド民衆がその間、この若くて確かに愛すべき貴族が彼らの窮乏を受け入れるまで辛抱強く待つかどうか—それは別問題である—［中略］そして彼（＝カニンガム）が—たぶんもう一度アイルランドの聖バルトロメウスの夜を体験し、ひょっとして美しさや愛想の良さにもかかわらずその夜を生き延びることはないかも知れないと考えると至極残念な気持ちになる。［中略］そのような献身によって若いカニンガムも自分の頭を救うことができるだろう。我々は彼が恙《つつが》なくアイルランドへ帰ることを望む。若さ、麗《うるわ》しさ、悟性、経験そして金銭を身に備えて彼は目下数百万人の人々がイングランドの喜捨によって生活し、本年（＝一八四七年）九月十二日には消滅する国に行く。『アイルランドはこれから独力で泳がねばならない』とイングランド人が口々に言う。緑のエリン、詩と暢気さの国は最も勤勉で最も経験豊かな子どもたちを本当に必要としている。」（SW II/125ff.）

このような物の言い方には勿論皮肉もタップリと含まれている。実際、アイルランドはこの後も山積する問題を抱え、イングランドとの軋轢や抗争を繰り返しながら、民族自立を求め、十九世紀後半、そして二十世紀へと進み、やがては段階的に自立し、独立を成し遂げる。その一方で、貧しくて、多くの人口を養えないこの国は相変わらず飢饉を繰り返すたびに移民として、国民を国外へ送り出す。行く先はイングランドにとどまらず、ヨーロッパ外へと広がり、現在では本国よりも海外のアイルランド系移民のほうが遥かに多い。

ヴェールトとアイルランドの関わりは、冒頭で述べたように、彼自らが足を踏み入れた形跡はなく、その情報源は主にブラッドフォードやマンチェスターなどでの見聞によるものである。しかし、それでも二つの工業都市で見たことは、友人知人から受ける示唆等によって、しっかりと事の本質をとらえるものであった。ヴェールトにとってイングランド各地で出会ったアイルランド人はケルト系の、そして独特なカトリックの気質を持った、陽気であくせくしない人々であり、世界最先進工業国の最底辺にいて、ともにイングランドの繁栄を支える人々であっただけでなく、ギリギリの生活を送りながらも、蔑まれながらも必死に生きる人々であり、さらには民衆運動の担い手としても活動する人々でもあった。彼はイングランドを構成する一つの重要な要素として、アイルランドやアイルランド人を見ていたのである。

第八章　ウェールズ旅行

一八四三年暮れにブラッドフォードに得た新しい職場で働きだしたヴェールトは一八四四年十月の初旬、合間を縫って、ウェールズへ旅に出る。この時の旅について直後に母親宛の書簡で簡単に報告しているが、そこで述べられていることは要点のみで、具体的な日程や旅先については大まかにしか触れていない。しかし、この手紙で重要なこととしては、旅の動機として「これまで数ケ月間一生懸命に働いて疲れた心身を癒やすため」だということをあげ「アイルランドやウェールズの自然が元気を回復」（SB I/269）してくれるだろうと思ったと述べていることである。実際に以下に見るように、この旅で接したウェールズの自然は彼の心身の疲れを回復させたようである。この旅行について彼が詳しく述べるのは、翌年の一八四五年七月一九～二六日付けの『ケルン新聞』に連載した「おどけた旅」においてである。ちなみにこの紀行文は後にかなり手を加えられ、「ウェールズ旅行」と標題も改められて『イギリス・スケッチ』（一八四九年）に収められる。

少年時より旅行に憧れ、十代半ばに故郷デトモルトを出て以来、ビジネスマンとして旅に出ることが多かった、ヴェールトの旅行のその傾向は、彼が旅行に際して最も関心を持っていたことに従えば、産業革命及び市民革命の二重の革命への旅とそれの反対方向の傾向を持ついわば「非近代的な世界」への旅[1]に分けることができるが、ウェールズは元々イングランドを中心とするイギリスの一部であるので、ヴェールトの旅の分類では前者の旅に入るように思われがちだが、以下に見るように、実際には産業革命とそれに伴う社会変革へ重点をおいたものではなく、むしろ自然体験を中心にした、後者に分類されるべき内容である。

さて、前掲母親宛書簡および「おどけた旅」に記されている限りでは、旅の正確な行程は確定することは難しい。しかし、両者から分かりうる限りでは、ヴェールトの行跡は以下のようで、かかった日数も数日程度のようである。

一　（ブラッドフォードを出発後）マンチェスターで「ジョン・マックアダム」号に乗船、マージー川を下り、リヴァプールを通過して、海に出る
二　マン島、ウェールズ最北端のオームス・ヘッドを臨みながら、海岸線に沿ってアイルランド海へ
三　バンゴール湾を航行（右手にアングルシー島、左手にウェールズの山々を臨む）
四　北ウェールズに上陸、アングルシー島とウェールズを結ぶメナイ橋を臨む
五　カエルナヴォン訪問
六　ランベルス峠を越えて、ランベルス村へ
七　スノードン登山
八　（リヴァプール、マンチェスターを経て）ブラッドフォードへ帰還

ウェールズは周知のように、アイルランドやスコットランドと同じようにケルト系の土地でありながら、イングランドに侵略され併呑されるのが早くその象徴のように現在の連合王国国旗「ユニオン・ジャック」にもウェールズは組み込まれていない。ただ、イギリスの皇太子の称号として「プリンス・オブ・ウェールズ」が残されているだけである。その点で強く自己主張するアイルランドやスコットランドに比べて影の薄さは否めない。ヴェールトにしても他の地方に比べ、ウェールズに言及しているのはほぼこの旅に関する上記二回だけである。

そのようなウェールズ旅行で得た彼の印象はどのようなものだろうか。紀行文「おどけた旅」は他の文章で旅の行

程を述べるとともに船で知り合ったドイツ人女性とその知人親子とのやりとりの中で様々な逸話が語られるという形式によっている。まず、枠の旅の実際の行程に従って興味深く述べられているのは旅の折々に姿を現すウェールズの自然についてである。このような世界に入ることは語り手である「私」、即ちヴェールトにとって、普段過ごしている工業都市の世界を脱し、非近代的な異世界に入っていくことと同じである。その分岐点となるのは商工業を象徴する都市、リヴァプールとの一時的な訣別である。

「リヴァプールをまもなく背にしたことが私は心の奥底で嬉しかった。高い建物を見たが、小さな人々と大きな商人がいるほかにいくらかの世界的な商業がある、うんざりする町だ［後略］」（*KöZ* Nr.200, 一八四五年七月一九日付）

リヴァプールを離れると、船はアイルランド海を渡り、大きく弧を描いてウェールズの最北端に向かう。荒海の中を行く船から見る自然はすでに新たな驚きの連続である。

「朝の間中殆ど朧気に岸辺を遠くに見ていただけだった。砂丘がとても遠いところでは海だけが水平線になっていた。だから、突然海間から荒々しい岩礁が飛び出したときには私たちはひどく驚いた。乗客は甲板の端に押し寄せた。『グレイト・ホームズ・ヘッドです』と船長が叫んだ。眼前の草色の波の中にバラ色の岩の塊があった。」（*KöZ* Nr.201, 一八四五年七月二十日付）

そこへ突然強い風が吹いてきて船はさらに揺れを増し、船の上は乗客や船員たちが上を下への大騒ぎとなるが、やがてバンゴール湾へ入ると波も落ち着き、進行方面の右手にアングルシー島が左手にウェールズの山々が見えてくる。一行は上陸した後ホテルで嵐の海の疲れを癒やすが、そこからはウェールズとアングルシー島を結ぶ、巨大な吊り橋「メナイ・ブリッジ」を臨むことができた。この橋は一八一九年に建造が開始された、近代化の象徴である。ヴェールトは夜になって、この橋を渡ってみる。

「その間外では夜がとても愛らしく魅力的な姿を繰り広げていた。私は海峡に沿って歩き、巨大な橋を渡って、アングルシー島に散歩に出かけた。そこからはウェールズの荒々しい山々が最もよく見える。険しくギザギザした輪郭が月で明るい空と見事な対照をなしていた。何もかもが静かで、波だけが小さな音を立てて、岩の多い岸に打ち寄せていた。」（*KöZ* Nr.206, 一八四五年七月二十五日付）

北ウェールズの自然はヴェールトの目に魅力的に映る。翌朝彼らはカエルナヴォンからランベリスの峠を越えて先に進む。

「我らが仔馬は楽しそうにだく足で前進した。ある時には泡立つ森の小川に架かった橋を渡り、またある時は丘や岩場を越えて一湿原や野原を抜けて旅は続き、ついに不意に立ち止まって海の濃い青の流れに身を映した。自然がここでは三つの色を使ってこれ以上ないほど雄大に絵画を描いている。そこでは青い水が周囲を黒い岩に囲まれ、長い縞になって、岩の縦穴の中には燃えるような優しい赤色があった。」（*KöZ* Nr.206）

峠を越え、海岸沿いに馬で駆け抜けるとやがてランベルスの村に到着する。この村で一行は補給を充分にした後、再び旅を続ける。目的地はスノードン山頂である。

「海から見ると北ウェールズの山々はほとんどの丘の上のようにしか見えなかった。」（*KöZ* Nr.206）

最初山の穏やかさは故国ドイツのライン地方で馴染みのそれと同じように見えた。しかし、進むに連れて、次第に違う様相を見せるようになる。

「ただ、左右に暗い峡谷が底に湖を湛えており、聳えたちながら益々巨大な塊となって荒れ果て暗く、そして不気味で繰り返し険しく粉々になって、常に新しい幻想的な岩の一団を見せていた。この一帯を飾る一本の水も、一本の潜水もなかった。」（*KöZ* Nr.206）

そしてさらに山を登ると、次第に新たな視界が広がって来る。

「まずはランベルスの村が湖とともに、そしていくつかの丘の上に破壊された砦の残骸およびメナイ海峡とアングルシー島がすぐにその全貌が目前に現れた。開けた海の眺望はさらに巨大な山の背が遮っていた。」（*KöZ* Nr.206）

そうしてついにウェールズの最高峰スノードン山に登頂する。しかし、行く手を阻むように突然霧が峡谷から昇って視界を追ってしまう。

「私たちはそれを悔やむに及ばなかった。［中略］自然は厳かなスノードン山頂からのみ、不意に素晴らしいものを見るようにと頭の回りに雲のベールを巻き付けたのである。」（*KöZ* Nr.207）

果たしてその期待は裏切られることはなかった。山頂に到着すると間もなくアイルランド方面からの風が霧を振り払って、眺望が眼前に広がったのである。

「永遠なる太陽が、晴れ渡った明るい空をきらびやかにさまよって来て、海の太波が光り輝いた。青い遠方の右手にはスコットランドの山々の頂が、左手にはイングランドとウェールズが、そして私たちの前には海が、限りない海が［後略］」（*KöZ* Nr.207、一八四五年七月二十六日付）

この後、下山したヴェールトは連れと離れて帰途につく。ウェールズで見た自然の数々はブラッドフォードやマンチェスターなどの工業都市で普段目にしているのとは対照的な風景を見せていて、ヴェールトが心を引かれて楽しんでいる様子がよく分かる。しかし、この時ヴェールトが居住し働いていたブラッドフォードも数十年前、産業革命によって相貌を一変させられる前は、旅先と同じように長閑《のどか》な風景が広がる農村地帯だったのである。

「おどけた旅」はヴェールトの実際の旅の行程を淡々とつづるだけではなく、新聞に掲載される紀行文として、読者に愉快な読み物として、旅先に関わる様々な逸話を供している。その重要なものとして、いわば、「（ウェールズという現在の）非近代的な異世界への旅」と並んで「ウェールズの過去への旅」を振るものとしてヴェールトは、紀行文中において、ウェールズの放浪吟唱詩人の逸話やカエルナヴォン年代記の一挿話を旅の船中で知り合ったドイツ人女性とその知人親子に知識をひけらかすように語っている。まず最初に彼はウェールズがケルト民族の土地であることやイングランドに侵略され支配されたこともこの紀行文において述べずにはおれない。

「アングルシーには昔ドルイド教徒が住んでいました。しかし、ドルイド教徒たちは殴り殺されて、それ以来死に絶えているのです。ドルイド教徒たちは退屈な連中で、根や草で栄養を取り、まずいフランス語を話し、殴り殺しあったのです。今とてもすばらしい月光を浴びて私たちの前にある島は後にイングランドの支配下になりました。もし今日ロンドンで手紙を書き、一ペニーで女王の肖像のついた切手を買って、この切手を封筒に張り付け郵便局へ持って行き、『ごきげんよう、私の手紙よ』と言います、すると手紙は貴方が望むところ、まさしくアングルシーに到着するのです。貴方はただ切手を正確に女王の頭を上にして張らなければなりません。」（*KöZ* Nr.203, 一八四五年七月二十二日付）

このこと以外は、いずれも話の主題は男女間の「愛の誠」についてである。最初に語られるのは放浪吟唱詩人ダフィド・アブ・グウィルムの話である。

「ダフィド・アブ・グウィルムはつまり十四世紀初めアングルシー島、ウェールズあるいはどこか他の場所で生まれた騎士歌人の言うに言えぬほどに美しい名前なのです。」（*KöZ* Nr.205, 一八四五年七月二十四日付）

と始まり、ダフィドが「一度に二十四人の恋人を楽しませた」ことが語られる。若かった彼はある時様々な階層、身分の女性たち二十四人一人一人に宛てて簡潔な手紙を書き、全員を指定した日時と場所に集合させる。当日ダフィド自身はなかなか姿を見せないが、集まった女性たちは彼からの手紙は自分にだけ届けられたと思っていたので、大勢の恋敵の出現に不愉快になり、ダフィドへの怒りを露わにする。ダフィドがようやく彼女たちの頭上の枝から姿を現し、女性たちに互いの嫉妬心を掻き立てたので、彼女らは互いにいがみ合いや喧嘩を始めるのを尻目に彼は姿をくらましてしまう。女性たちをみんな袖にしてしまったダフィドの不実の話は、聞いていた女性を憤慨させてしまう。もう一つ、後になって語られる同じダフィド・アプ・グウィルムの話は、彼ともう一人の吟唱詩人の不和が主題である。真実としては互いに尊敬しあっていたが、小さな諍いから不和になっていた吟唱詩人は友人たちの取り計らいで仲直りをする。ダフィド・アプ・グウィルムの最初の話で不実な男について語ったので、もう一人の吟唱詩人のエピソードでは五十年もお互いに思い続けた恋人たちについて語る。若いときに永遠の愛を誓った男はやむを得ず戦場へ出かけ、囚われの身になり、五十年経ってようやく帰郷が叶い、やっとのことで昔愛を誓った小屋にたどり着く。

「すると、ほら、彼が扉の前にやってくるとちょうど五十年前と同じように苔むした石の上に女性が座っていました。それは老年の婦人でした。彼女は両手を合わせ、眼を閉じていました。眠っていたからです。老人は彼女に話しかけて、恋人のことを聞こうとしました。彼女がまだ昔と同じように若く美しいとしか思っていなかったからです。しかし、話しかけようとしたとき彼はことばがまったく見つかりませんでした。それほど心が悲しかったのです。彼はその老婦人に近づきましたが、まるで彼が彼女の唇に三度接吻することしかないような気分でした。それで実際にそうしたのです。婦人が目を覚ましました。善良な二人は長いこと互いにその年老いた眼でまさしく真剣に見つめあっていました。しかし、一方が相手を五十年前に心から抱擁したことや二人が今でもかってのように互いに愛し合っていることに気づいたとき、二人の頬を澄んだ涙が流れ落ちました。」（KöZ Nr.206）

男の心に昔の旋律が浮かび、震える声で歌うと女性も唱和して二人の愛情が変わらないことを確認したとき女性は眠るように息絶え、男はその後自分も亡くなるまで歌を歌い続ける。吟唱詩人とは直接関わりを待たない、カエルナヴォン年代記の挿話も男女の愛情が主題である。ウェールズのとある領主に仕える男たちがスコットランドの戦場に出かけ、そのまましばらく音信不通になり、残された妻たちは夫たちが死んだものと思って、下僕たちと再婚する。しかし、ある日突然元の夫たちが帰ってきて、危うく妻たちを巡って新旧の夫たちの争いになろうとするが、領主が計らって元の夫たちに新しい妻をあてがうことで落着する。このように旅行先にまつわる話を挿入することで、その土地の持つ歴史を垣間見せ、紀行文に膨らみをもたらしている。

上記の挿話はウェールズの「過去への旅」であったのに対し、「おどけた旅」では一方で「現在」、特にヴェールトが働いているイングランドの現実に関わることにも触れられている。それは、旅の道連れの一人である「木綿貴族《コットン・ロード》」、マンチェスターから来た、ミスター・ジョンに体現されている。彼の住むマンチェスターは、ヴェールトの働くブラッドフォードと同じように工場が多くそそり立ち、無数の煙突が聳え、数多くの労働者が居住し、働く工業都市である。ミスター・ジョンは工場労働者や下層の人々について偏見を持っている。この旅行の初めに一行が見かけた船員たちについて彼は次のように述べる。

「あの不幸な船員たちはあのように生活しているのです。青春期の初めにはもう海に出てすぐに陸地を憎むのです。だらしない奴らですよ、あの船員たちは。長い旅を終えて港に入ると彼らには賃銀が支払われます。ふつうは僅かな額です。何故なら彼らは航海中は何も使うことができないのですから。しかし、得たものを賢く扱い、休息の日々を陽気に味わう代わりに彼らは船からただちに手近の酒場に飛び込んで無意味に叫び、踊り、歌って、酩酊するととても汚いあまっこたちが彼らを介抱しますが、彼らから盗みを働き、路上に放り出すのです。彼は路上で翌朝金《かね》もなく、ぼろぼろの服を着て眼を覚まします。手当たり次第に船に乗って新たな旅に出ること以外にあの哀れな人間たちにできるでしょうか。こんなふうに彼らはこの港でもあの港でもはちゃめちゃなのです。歳月が過ぎると彼らはやがて心がすさみます―あんな人間がいるなんてなんて悲しいことでしょう」(*KöZ* Nr.200)

彼は船員たちがどうしてこのような境遇に陥るのかということに全く理解を示そうとしない。彼は労働者に対しても同じ見方をしている。

「工場の労働者とちょうど同じです。彼らも下賤な人間たちです。私は確約しますよ。あんな労働者は決して次の日のことを考えません。だからあんなに頻繁に不幸になるのです。私がある労働者に週につき三十シリング渡すと彼は一ペニーだって残しません―十五シリング与えても素寒貧です。ただ三十シリングの場合十回酔っぱらい、十五シリングの場合は五回だけ酔っぱらうという違いがあるだけです。しかし、酒酔い以上に心や身体に有害に働くものはありません。故に労働者には少ない賃銀を与えるべきです。そうすると彼らのことが最も良く気づかえるのです。彼らには三十シリングの代わりに十五シリング与えるべきです―そうすると彼らには生活するには充分で、羽目をはずすには少なすぎるということになるのです。イングランドの高賃銀、それが労働者階級のおぞましい風紀素乱の原因なのです。よろしいですか、私がこの件についてはよく弁えていることは確かです。三十年来私はこの原則に従っています。」(*KöZ* Nr.201)

労働者の乱れた生活は飲酒のせいであり、彼らに賃銀を多く与えるのは、飲酒や遊興に使うばかりで、彼らにとってもよろしくない、もっと少なくても良いという考えはこれまで見たとおりで、上層の人々にとってはありふれた考えだった。彼は酒で労働の苦しさ、居住条件の悪さを耐えなければならなかったと考え、即座に、ミスター・ジョン

に対し、「それでお金持ちになられたのですね」と言い返し、

「集会で君は奴隷の解放に夢中になって、最も遠い諸国民への不安から君の幸福の建設者である君自身の労働者がトルコ人やイロコイ族やブッシュマンよりもみすぼらしい恰好で歩き回り、虐げられた黒人たちよりももっと虐げられていることをすっかり忘れてしまった。」(*KöZ* Nr.206)

と考える。そこへ船内で船員たちの喧嘩が起こり、ミスター・ジョンは呆れたように、彼らを蔑み、他の人たちも同調する。しかし、ヴェールトは彼らの境遇について思いを巡らす。

「私は卿とともにそこに残された。この善良な男は心地よく眠り込んでいた。両手を『タイムズ』紙の上に組んで頭は大きな椅子の背もたれの後方に沈んでいた。ランカシアの男にふさわしく短く力強い両足を真紅の絨毯の上に大きく広げていた。安らかな方、幸せな商業貴族よ、君のまどろみは何と優しいのだろうか。どんな魅力的な夢が今お前の永遠の魂の前を漂って過ぎてゆくだろうか。ひょっとしたら君は幼年時代を、嵐のような青春時代を思い返しているのだろうか―君がまず天日晒し場で一本の糸に水を注いだところだ。黄金色のキンポウゲの間から予言するように君に向かって頷《うなづ》いている。君の眼の前がすっかり黄金色になった。それで君の休みない精神は大胆にこれ以上ないほど向こう見ずな計画を構想する。『私は産業に神殿を建てるつもりだ。』こんなふうに君のサクランボ色の唇から響いてきた。君は一番近い料理屋に行き、水で割ったブランデーをグラスに一杯飲み、己の件をずっと確信するようになり、再び黄金色のキンポウゲがこの後の数年間牧草地に花開く時には、すでに乳白色に塗られた工場が田舎を覗き、巨大な煙突があたかも独りぼっちの人指し指のように通り過ぎて行く人々に指示するように

なるほどその件を確信していた。『旅人よ、お前が誰であっても静かに立ち止まれ。ここに私は住むのだ。』」（*KöZ* Nr.206）

産業革命を達成して、イングランドの工業はさらに世界的な規模で市場を求める。その世界的な広がりはこの紀行文でも言及される。眠っている、「木綿貴族」ミスター・ジョンについてヴェールトは、

「おとなしい雄牛が最初君の機械を動かしていた。しかし、君は雄牛をほふり、ブンブン唸り声を上げる車輪の前に蒸気を繋ぎ、君の魂が常に増加する巨大な帳簿の数字の列に歓声をあげている間に車輪が唸り声を上げ、機械がうめき声を上げた。真の世界意識が彼を捉えたのである。君は原材料の輝きで古い宿敵のトルコ人を―同情はすばらしい美徳だ―そしてのっぽのイロコイ族やブッシュマンを飾りたてた。」（*KöZ* Nr.206）

という。同じ船に乗って、喧嘩をしていた船員たちもインドのカルカッタから帰って来たばかりである。このような観点については「おどけた旅」ではなく、『イギリス・スケッチ』の一章「ウェールズの旅」へと加筆された部分に言及があり、そこではイギリスだけの支配する世界ではなく、すでに未来の支配勢力としてのアメリカにもヴェールトの眼は向いている。ここに「おどけた旅」以降一八四八年革命に至るまでの彼の認識の深まりと視野の拡大を見ることができよう。

「外見の違いに関わらない内面の大きな類似はまさしくブリタニア人とアメリカ人を不倶戴天のライバルにしている。アメリカ人がブリタニアの権力を嘲笑し、どの商船もきわめて短期間に戦艦に変身できる様式で建造させてい

るのは理由のないわけではない。そしてブリタニア人がアメリカの暴力を外交のあらゆる手管を使って妨害し、基盤を崩そうとして嘲笑するのも理由がないわけではないのだ。

もちろんこの瞬間に敵同士が会談することの結果は疑わしいだろう。何故ならまだブリタニアの艦隊があらゆる海を強力に支配しており、僅かな時間で彼らは移民たちの商業をお終いにし、国民全体の企業精神を限界まで押し戻して、アメリカの海岸にある都市をすべて撃ち落としてしまうことだってできたのである。

しかし、それでもアメリカ人たちを再び完全に強くならせ、物事の転換を引き起こすにはほんの僅かな年月しかかからないだろう。何故ならイングランドが世界のあらゆる地域で所有物を守らねばならないこと、イングランドはアイルランドの革命と自国の労働者の置かれた状態に暴動と危機の永遠の源泉を持っていることの他にも、アメリカ人にとってもまだイングランドの権力と現在の世界における位置を根拠づけるあらゆる品目で賠償金の義務があるからだ。

金、穀物、木綿、羊毛、石炭、鉄、木材が豊富で、蒸気の力で大西洋ならびに太平洋を越えて、アジア大陸とヨーロッパ大陸の間の仲介をしている状態によって、アメリカの北部は巨大な広がりを持ち、無尽蔵の生産力によってその文化の最初の一世紀のうちに巨人としてあるが、この瞬間にそれに対し、身震いしたのはイングランドだけではない。いや、東方の諸国民が遠い西方からの自由の叫び声に心と体で答え、競争のおぞましい法則を諸国民の平和で人間的な共同作業へと変身させるであろう、諸国民の兄弟愛と調和をもたらさなければ、古いヨーロッパ全体はひょっとしたらその巨人の前にいつかは脆かなければならないのである。」(SW III/420f.)

母親宛の書簡、「おどけた旅」そして「ウェールズ旅行」と、ヴェールトの一八四四年十月のウェールズ旅行について伝える三点の文章があるが、そこにはそれぞれに著された時期によって、ヴェールト自身のイングランドやイギリス全体、さらにはヨーロッパや世界全体に対する認識の深まりの差が出ている。実際にこの期間には、すでに何度も見てきたように、エンゲルスやスコットランド人医師マクミキャン、ラジカル・リフォーマーのジャクソン、チャーティスト等の人たちとの交友、社会運動の現場に居合わせたこと等の影響があり、それはこの時期に成立した他の抒情詩および散文と関わりを持っている。一八四四年から一八四五年にかけて、さらにはそれ以後一八四八年の革命にかけて、革命家としての立場を鮮明にしていく過程が三つの叙述の差として現れている。勿論母親宛の書簡と他の二つとは叙述の性格の違いが大きいので、書簡に書かれていないからと言ってヴェールト白身が紀行文に書いたことを考えていなかったとは断定できない。一つ言えるのは、ウェールズ旅行は革命後のポルトガル・スペインやラテン・アメリカへの旅行のように、工業化されようとしている社会とは異なったものを見聞し、自然に触れることで心身のリフレッシュを行おうとの意図が根底にあるが、ブラッドフォードやマンチェスターなどに象徴される近代的な社会との対比が色濃く映し出され、自然体験を枠あるいは基底としていながら、特に後者への関わりを断ち切ることができないことに特徴を有している。ヴェールトのウェールズ旅行及び紀行文「おどけた旅」および「ウェールズ旅行」についてはこれまでのヴェールトについての文章では殆ど触れられてこなかった。この旅行の意義は勿論過大評価されるべきではないが、最先進工業国のイギリス国内での、工業化の未だ及ばない地域への旅行とその紀行文、特に自然と過去、そして工業化されたイングランド社会間の対比について、一八四八年革命後の旅行との違いはあるものの、上のようなヴェールトの、ウェールズ旅行における体験と見解は、その後の彼の展開と関わりを持っている。

あとがき

エンゲルスは晩年『ゾツィアールデモクラート』紙（一八八三年六月七日付け）に友人にして同志であるヴェールトを回想する記事を寄せ、そこで彼に「ドイツ・プロレタリアートの最初で最も重要な詩人」という最高の賛辞をおくった。しかし、この輝かしい称号にもかかわらず、一九世紀後半以降のドイツ労働運動の歴史のなかでヴェールトの作品は、例えばフライリグラートほどに影響力をもって受けとめられることはなく、作品集すら彼らによって編まれることがなかった。ヴェールトが「再発見」されたのは第二次世界大戦前のソ連においてであったし、戦後も分裂したドイツでは正当に受けとめられることもかなわなかった。すなわち、上述のエンゲルスの評価も大きく影響して、東のドイツ民主共和国では高く評価され、作品もいろいろな版になって出版され、没後百年には初めての全集も刊行された。しかし、まさにそれゆえに、「冷戦」の犠牲になって西のドイツ連邦共和国では一九七〇年代にいたるまで黙殺されつづけた。一九八九年の「ベルリンの壁崩壊」、一九九〇年の「ドイツ統一」をへてこのような呪縛を解き放つことができる状態にあり、ヴェールトの再評価が始まった。その好例が生誕百七十年にあたる一九九二年生地デトモルトにあるグラッベ協会の主催で催された「第一回国際ヴェールト・コロキウム」であった。その開催に向けての文章においても、ヴェールトの作品の読みなおし、「統一されたドイツ文学史」にもっとヴェールトについての記述を多くすることなどが訴えられたし、コロキウム自体でも多彩な報告と議論が行われていた。

筆者がヴェールトという名前に初めて出会ったのは一九八一年のことで、デタントの時代で東西対立が緩和されていたものの、まだ「ベルリンの壁」があり、東西ドイツを隔てる「国境」線が厳しく両ドイツを隔てていて、初めてのドイツでこの境目を越えてフルダからアイゼナハへ移動する時にひどく緊張したことを鮮明に覚えている。この年の七月、「ワイマル友の会」の推薦で、古都ワイマールでの大学教員のための「国際サマー・コース」に参加したのだが、その折の休憩時間にシラー通りにあった新刊書店で論集『ゲオルク・ヴェールト　作品と影響』を手に入れた。この時はWeerthという見慣れない綴りに妙に引きつけられ、思わず手に取ったが、どのような人物なのかまったく分からなかった。この時点ではこの研究書は「積ん読」のままに置かれた。何しろそれまでに勉強したドイツ文学史ではまったく目にしないか（手塚富雄『ドイツ文学案内』岩波文庫）、わずか一行程度（菊池他『ドイツ文学史』東京大学出版会）の記述しかない名前である。その四年後、今度はベルリンで開催された同じ「国際サマー・コース」に参加した折、ウンター・リンデンの、今はもう無くなった古書店でブルーノ・カイザー版『ヴェールト全集』全五巻を手に入れた。七〇マルクちょっとだったと記憶している。これでようやく作品を直に読むことができるようになった。これ以降洋書店を通し、あるいは渡独の折に古書店を歩き回って、様々な作品集を手に入れ、本腰を入れてヴェールトを読むようになった。その後統一直後のドイツに長期滞在したときには、大学図書館の他、国立図書館や研究所を利用して初出の紙誌のコピーを入手し、さらにはハノーファー大学のファーセン教授や当時デュッセルドルフのハイネ研究所に在籍していた、ヴェールト研究の第一人者フュルナー博士を訪ね、様々な資料や助言をいただき、本格的にヴェールトと取り組むことになった。ただ、その前後から、それまで僅かながら存在した日本のヴェールト研究者がヴェールトから手を引き、現在では筆者一人であるのはドイツのその後と比べ、残念なことである。

筆者が本書の内容に関わって発表した、研究論文及び研究ノートは以下の通りであるが、それぞれ独立して執筆されたもので、内容的に重複する場合も多い。従って、本書執筆に際してはこれらの論文を元にしたが、大幅に書き直しと加筆を行った。さらに第三章、第四章及び第六章は新たに書き下ろした。

「ヴェールトの『彼らはベンチにすわっていた』について」（日本独文学会中国四国支部編『ドイツ文学論集』第二三号　一九九〇年）
「ヴェールト『ランカシアの歌』考」（日本独文学会西日本支部編『西日本ドイツ文学』第四号　一九九二年）
「*Zu den Liedern aus Lancashire*」（ in: *Georg Weerth. Referate des I. internationalen Georg-Weerth-Colloquiums 1992*. Hrsg. v. Vogt. M. Aisthesis Verlag. Bielefeld. 1993.）
「ヴェールトのイングランド旅行と『イングランドだより』」（日本独文学会西日本支部編『西日本ドイツ文学』第七号　一九九五年）
「ブラッドフォードとヴェールト」（石塚・柴田・的場・村上編『都市と思想家　I』法政大学出版局　一九九六年）
「ヴェールトのイギリス像―『イギリス・スケッチ』を中心に―」（日本独文学会中国四国支部編『ドイツ文学論集』第三四号　二〇〇一年）
「ヴェールトの『イギリス・スケッチ』の成立と構成」（香川大学経済学会編『香川大学経済論叢』第七三巻第二号　二〇〇一年）
「ヴェールトのウェールズ旅行」（香川大学経済学会編『香川大学経済論叢』第七七巻第一号　二〇〇四年）
「ヴェールトとアイルランド」（香川大学経済学会編『香川大学経済論叢』第七七巻第二号　二〇〇四年）
「Georg Weerth und die englischen Arbeiter」（香川大学経済学会編『香川大学経済論叢』第八〇巻第四号　二〇〇八年）
「ヴェールト『小説断片』考」（香川大学経済学会編『香川大学経済論叢』第八五巻第四号　二〇一三年）

本書で見てきたように、ヴェールトの見た主として一八四八年までのイギリスは、産業革命の進展にともない確かに繁栄を謳歌しているように見えるが、その裏には、そしてその根底には産業革命に、あるいは産業資本主義社会の発展にともなって必然的に現れる、新たな弊害や社会矛盾を抱えていたし、ヴェールトはそれを的確に見ていた。そこには封建的な社会から新しい社会に変革して行く上で必然的に登場する中産階級や労働者階級の誕生や台頭があったが、社会が近代的に大きく変革して行く中でヴェールトの眼に特に映じたのは社会の底辺に住む、労働者階級などの悲惨な姿であり、そしてその置かれた境遇をはね返そうとする彼らの姿であった。もちろん『イギリス・スケッチ』に描かれたイギリスはこのような労働者階級や中産階級などの状態についてだけではない。しかし、ヴェールトがイギリスに関して書き散らした文章を『イギリス・スケッチ』という一冊の本にまとめようとしたとき、中産階級や労働者階級についての各章を中心部に据えたことに彼のこの時点でのイギリス像の核心とする意図があったことは否定できないであろう。そしてそれは産業革命のさらなる進展と「飢餓の四十年代」と呼ばれることの多い、どちらかといえばイギリス史の中では「大英帝国」絶頂の時代といわれるヴィクトリア朝の初期とはいえ、低調な時代のイギリスの姿であり、また、産業革命によって新しく生まれた時代の社会の姿であって、その後を追いかけるように産業革命を遂行していった国々にとって先行する国の姿であって、そこに本文中で引いたような「若い男にとって真の学校」と言うに相応しい新しい時代について学ぶことの多い社会であったのである。ただ、ヴェールトは手紙でイングランドはさも革命間近であるように述べているが、その後のチャーティスト運動の昂揚にもかかわらず、体制側の必死の防戦によって、一八四八年にヨーロッパ大陸各地で民衆革命の大の手が上がったときでも、結局のところイギリスでは革命は起こることはなかった。この一八四八年という重大な危機を乗り切ったイギリスは一八五一年に開催した世界初の万国博覧会を契機に「大英帝国」としての繁栄を極めることになり、世紀前半に困窮に喘いでいた民衆もその帝国主義的な繁栄のおこぼれに与《あずか》ることになるのである。

「はじめに」でも指摘したが、ヴェールトが目にした初期ヴィクトリア朝のイギリスの実態は現代に生きる我々にとっても決して過ぎ去った昔のことではない。彼が体験したことは形を変えて繰り返し我々の前に登場する。それは我々のごく身近に密かに、あるいは公然と姿を見せたり、さらにはグローバル化した世界で一見我々の日常生活とは直接関係がなさそうに感じられても実際には密接に関わっていることがある。そこではヴェールトがブラッドフォードやイングランドの工業都市で目の当たりにした出来事、貧しい人々の悲惨な状況が繰り広げられていて、我々は無関心を許されていない。ヴェールトの時代であれば、狭い範囲内で繰り広げられていたことが、今では全世界に広がっているのだ。たとえば、我々が廉価な商品を手にするときにその背後には過酷な低賃金労働や児童労働が存在することがある。また、食物を廃棄するときに飢餓に苦しむ人々の姿が二重写しにならないだろうか。

ともあれ、本書は日本語で書かれた初めてのゲオルク・ヴェールトを扱った書物である。本書が香川大学経済学会叢書の一冊として刊行されるにあたり、心から同学会に感謝したい。

二〇一四年一月

髙木　文夫

文献一覧

Gerg Weerth. Sämtliche Werke in fünf Bänden. Hrsg. v. Bruno Kaiser. Aufbau. Berlin. 1956/57 (SW)

Gerg Weerth. Vergessene Texte. 2 Bände. Hrsg. v. Jürgen-W. Goette/Jost Hermand/Rolf Schloesser. Leske. Köln. 1975. (VT)

Gerg Weerth. Sämtliche Briefe in zwei Bänden. Hrsg. u. eingel. v. Wofgang Goette unter Mitwirkung v. Jan Gielkens. Campus. Frankfurt a.M./New York. 1989. (SB)

Georg Weerth: *Von Köln nach London.* (*Kölnische Zeitung* 28. -30, Okt. 1843, Nr. 301-303) (*KöZ*)

Georg Weerth: *Engliche Reisen*. (*KöZ* 28. -30. Okt. 1843. Nr. 80-83, 145/146, 217, 238)

Georg Weerth: *Scherzhafte Reisen*. (*KöZ* 19., 20-26. Juli 1845. Nr. 200-203, 205-209)

Georg Weerth: *Das Blumenfest der englischen Arbeiter*. (*Gesellschaftsspiegel* Nr.1, Red. Moses Heß. Elberfeld.1845. S.180-187) (*Gesell* I)

Georg Weerth: *Der Gesundheitszustand der Arbeiter in Bradford, Yorkshire England*. (*Gesellschaftsspiegel* Nr.1. Red. Moses Heß. Elberfeld 1845. S.163-167) (*Gesell* I)

Gerog Weerth: *Proletarier in England*. (*Rheinische Jahrbacher zur gesellschaftlichen Reform*. Nr.1. Hrsg. v. Hermann Püttmann, Darmstadt 1845. S.309-326) (*RhJb* I)

Georg Weerth: *Engliche Reisen*. Hrsg.V.Bruno Kaiser. Rütten & Loening. Berlin. 1954.

Georg Weerth: *Das Blumenfest der englischen Arbeiter und andere Skizzen*. Mit einem Vorwort von Kurt Kanzog. Reclam. Leipzig. o.J.[1953]

Georg Weerth. Gedichte. Hrsg. v. Winfried Hartkopf unter Mitarbeit von Bernd Füllner und Ulrich Bossier. Reclam. Stuttgart. 1976.

Georg Weerth. Gedichte. Illstr. v. G.K.Müller. Hrsg. v. Institut für Buchgestaltung an der Hochschule für Grafik und Buchkunst Leipzig. Leipzig. o.J.

（翻訳）

山崎八郎訳「ヴェールト『詩集』」（井上正蔵編『世界名詩集大成六　ドイツⅠ』平凡社　一九六〇年）
並木武訳「ゲオルク・ヴェールト詩抄（Ⅰ）」（『愛媛大学教養部紀要』第二十三号―Ⅱ　一九九〇年）
並木武訳「ゲオルク・ヴェールト詩抄（Ⅱ）」（『愛媛大学教養部紀要』第二十四号―Ⅱ　一九九一年）
髙木文夫訳「イングランドの労働者の花祭り」（『かいろす』第二十九号　一九九一年）
髙木文夫訳「一七八〇年から一八三二年までのラジカル・リフォーマーの歴史（上・下）」（社会思想史の窓刊行会『社会思想史の窓』第一〇一号・第一〇四号　一九九三年）
髙木文夫訳「イングランドの労働者」（『かいろす』第三十一号　一九九三年）
髙木文夫訳「一八三二年から一八四八年までのチャーティストの歴史（一・二）」（社会思想史の窓刊行会『社会思想史の窓』第一一一号・第一一二号　一九九四年）
髙木文夫訳「イングランドの中産階級」（『かいろす』第三十六号　一九九八年）
髙木文夫訳「一八一〇年から一八四八年までのイングランドの商業恐慌の歴史」（香川大学経済学会編『香川大学経済論叢』第七八巻第三号　二〇〇五年）
髙木文夫訳「イングランドの救貧制度」（香川大学経済学会編『香川大学経済論叢』第八一巻第三号　二〇〇八年）
髙木文夫訳「ステーリイブリッジの宣教師ジョウゼフ・レイナー・スティーブンズと一八三九年のイングランドの労働運動」（『香川大学経済論叢』第八六巻第三号　二〇一三年）

主要参考文献

Georg Weerth. Werk und Wrikung. Akademie-Verlag. Berlin. 1974.
Zemke, Uwe: *Georg Weerth. Ein Leben zwischen Literatur, Politik und Handel*. Droste. Düsseldorf. 1989.
Weerth, Marie: *Georg Weerth*（*1822–1856*）. *Ein Lebensbild*. Hrsg. v. Bernd Füllner. Aisthesis Verlag. Bielefeld. 2009.
Weerth, Karl: *Georg Weerth. Der Dichter des Proletariats. Ein Lebensbild*. Verlag von C.L. Hirschfeld. Leipzig. 1930.
Vaßen, Florian: *Georg Weerth. Ein Dichter des Vormärz und der Revolution von 1848/49*. Metzler. Stuttgart. 1971.
Füllner, Bernd: *Georg-Weerth-Chronik*（*1822–1856*）. Aisthesis Verlag. Bielefeld. 2006.

Vogt, Michael（Hrsg.）: *Georg Weerth. Referate des 1. internationalen Georg-Weerth-Colloquiums 1992*. Aisthesis Verlag. Bielefeld. 1993.

Dietze, Walter: *Georg Weerths geistige Entwicklung un künstlerische Meisterschaft*. In: Dietze, Walter: *Reden, Vorträge, Essays*. Reclam. Leipzig. 1972.

Füllner, Bernd（Hrsg.）: *Georg Weerth. Neue Studien* Bielefeld. 1988.

Michale Vogt（Hrsg.）: *Georg Weerth 1822–1856*. Bielefeld. 1993.

Wahrenburg, Fritz: *Georg Weerths Londonbild im Kontext seiner industriellen Städtepysiognomien*. In Wiedermann, Conrad（Hrsg.）: *Rom-Paris-London*. Stuttgart. 1988.

A young Revolutionary in nineteenth Century England. Ed. Ingrid and Peter Kuczynski. Intr. by Bruno Kaiser. Berlin. 1971.

Duckett, Bob/Waddington-Feather, John: *Bradford. history & guide*. Tempus. Stroud/Gloucestershire. 2005.

May, Trevor. *The Victorian Workhouse*. Shire Publications. Midland House. 2011.

Engels, Friedrich: *Die Lage der arbeitenden Klasse in England*. Dietz. Berlin. 1974.（一條和生・杉山忠平訳『イギリスにおける労働者階級の状態』岩波文庫版（上・下）一九九〇年）

Marx und Engels Werke（MEW）. Inssitut für Marxisumus-Leninismus beim ZK der SED. Dietz Verlag. Berlin. 1961. Bd. 1. 大内兵衛・細川嘉六監訳『マルクス・エンゲルス全集』第一巻　四五一～四五二ページ（酒井昌美訳）大月書店一九八九年　初版は一九五九年

フロラ・トリスタン『ロンドン散策　イギリスの貴族階級とプロレタリア』小杉隆芳・浜本正文訳　法政大学出版局　一九八七年（原著一八四〇年）

都築忠七編『資料イギリス初期社会主義』平凡社　一九七五年

E.P. トムソン『イングランド労働者階級の形成』青弓社　二〇〇三年（原著は一九八〇年改訂版）

マックス・ベア『イギリス社会主義史』全四巻　岩波文庫　一九七二年（原著　一九四〇年）

トーマス・カーライル『チャーティズム』『カーライル選集』第六巻「歴史の生命」所収　宇山直亮訳　日本教文社　一九六二年（原著一八四〇年）

Handbuch für Reisende in Deutschland und dem Oesterreichische Kaiserstaate. Nach eigener Anschauung und den besten Hülfsquellen. Dritte umgearbeitete Ausgabe. Coblenz bei Karl Baedeker. 1846.

注

はじめに

（1）「イギリス」という通常使用されている呼称は、本来その実態は曖昧なところがある（例えば、村岡健次・川北稔編著『イギリス近代史―宗教改革から現代まで―』（ミネルヴァ書房　一九八六年）の「はじめに」でのことわりがき、あるいは長島伸一『大英帝国　最盛期イギリスの社会史』（講談社現代新書一九八九年）八六～八七ページ、井野瀬久美恵編『イギリス文化史入門』（昭和堂　一九九四年）三～八ページ、佐久間・中野・太田編『概説　イギリス文化史』（ミネルヴァ書房　二〇〇二年）二～四ページを参照）。また、ドイツ語の〈England〉及びその形容詞〈englisch〉は狭義の「イングランド」と広義の「イギリス」の両方の意義を持っていて、一般的にドイツ文学関連では、「イギリス」という訳語が与えられることが多い。しかし、ヴェールトの場合、他の「イギリス」の地域、スコットランド、アイルランドおよびウェールズと区別して〈England〉及び〈englisch〉を狭義の「イングランド」の意味で使い、いわゆる「イギリス」についてはむしろ〈Britannien〉および〈Briten〉、〈britsch〉を使っている。従って、本書で「イギリス」とするのはグレート・ブリテンを表しているものとりかいして頂きたい。ちなみにヴェールトが歩いた「イギリス」はほとんどイングランドであり、一度だけウェールズに足を延ばしただけである。

（2）Zemke はこの頃の出会いは証明するものがないと述べているが、詩人の姪 Marie Weerth は出会っているとし、やはり一族の Karl Weerth は、確証はないが、後の手紙から憶測できるとしている。また、Füllner はその Weerth-Chronik で二人の出会いを匂わせている。それぞれ次の文献を参照。Zemke, Uwe: *Georg Weerth. Ein Leben zwischen Literatur, Politik und Handel.* Droste. Düsseldorf. 1989.S.20.、Weerth, Marie: *Georg Weerth (1822–1856). Ein Lebensbild.* Hrsg. v. Bernd Füllner. Aisthesis Verlag. Bielefeld. 2009.S.31.、Weerth, Karl: *Georg Weerth. Der Dichter des Proletariats. Ein Lebensbild.* Verlag von C.L. Hirschfeld. Leipzig. 1930. S.S.7f. Füllner, Bernd: *Georg-Weerth-Chronik (1822–1856).* Aisthesis Verlag. Bielefeld. 2006.S.19.

（3）*Berliner Zeitungs-Halle.* 一八四七年九月二十三日付け。拙訳「ブリュッセル自由貿易会議での演説」（香川大学経済学会編『香川大学経済論叢』第七六巻第三号　二〇〇三年）

第一章

（1）一八四三年十月十六・十七日付け母親宛書簡 *Georg Weerth. Sämtliche Briefe in zwei Bänden.*（以下SB）Hrsg. u. eingel. v. Jürgen-Wolfgang Goette unter Mitw. von Jan Gielkins. Campus. Frankfurt a. M./New York.1989 Bd. 1. S. 208

（2）1Uwe Zemke: *Georg Weerth. Ein Leben zwischen Literatur, Politik und Handel.* Droste. Düsseldorf. 1989. S.71f.

（3）エルバーフェルトとバルメンは、ヴェールトやエンゲルスがいた当時は隣接するものの、別の独立した町だったが、現在は統合し、「ヴッパータール」という名前の町になっている。

（4）*Handbuch für Reisende in Deutschland und dem Oesterreichische Kaiserstaate. Nach eigener Anschauung und den besten Hülfsquellen.* Dritte umgearbeitete Ausgabe. Coblenz bei Karl Baedeker. 1846. S.550.

（5）*Marx und Engels Werke*（*MEW*）. Inssitut für Marxisumus-Leninismus beim ZK der SED. Dietz Verlag. Berlin. 1961. Bd. 1. エンゲルス「ヴッパータールだより」大内兵衛・細川嘉六監訳『マルクス・エンゲルス全集』第一巻　四五一〜四五二ページ（酒井昌美訳）大月書店一九八九年　初版は一九五九年

（6）Wülfing, Wulf: *Reiseberichte im Vormärz. Die Paradigmenen Heinrich Heine und Ida Hahn-Hahn;* Maurer, Michael: *Skizzen aus dem sozialen und politischen Leben der Briten. Deutsche Englandsberichte des 19. Jahrhunderts.* In: *Reisebericht.* Hrsg. v. Peter J. Brenner. Suhrkamp. Frankfurt/M. 1989. S.333-362; S.406-433.

（7）*Heinrich Heine. Werke und Briefe in fünf Bänden.* Bd. 3. Hrsg. v. Hans Kaufmann. Aufbau. Berlin/Weimar. 3. Aufl. 1980. S.422.

（8）Engels, Friedrich: *Die Lage der arbeitenden Klasse in England.* Dietz Verlag. Berlin. 1974. 6. Aufl. S.89.（『イギリスにおける労働者階級の状態』上巻　一條和生・杉山忠平訳　岩波文庫　一九八八年　六一ページ）

（9）Georg Weerth: *Von Köln nach London.* In: *Kölnische Zeitung.*（以下KöZ）Nr.302. 一八四三年一〇月二九日付け、この記事は同紙第三〇一号から三〇三号に連載された。

（10）フロラ・トリスタン『ロンドン散策　イギリスの貴族階級とプロレタリア』小杉隆芳・浜本正文訳　法政大学出版局　一九八七年　四八ページ　原著は *Promenades dans Londres ou L'aristocratie et les prolétaires anglais.* 初版は一八四〇年刊行　トリスタンについては同訳書の解説および水田珠枝『女性解放思想史』（ちくま学芸文庫、一九九四年　親本は一九七九年刊行）四二七〜四七六ページ、第九章「女性解放と労働者意識の形成」を参照した。

（11）このような大都会の「暗黒面」は同時代人によってに様々に夥しく報告されている。シュー Eugène Sue（1804-1857）の小説『パリの秘密 *Les Mystères de Paris*』（1842/1843）の他にルポルタージュでベルリンはドロンケ Ernst Dronke（1822-1891）の『ベルリン Berlin』（一八四六年）が、ロンドンではメイヒュー Henry Mayhew（1812-1887）の『ロンドンの労働とロンドンの貧民 *London Labour and the London Poor*』（一八五一年）が代表的な著作としてあげられよう。いずれの著作も真実を突いていればいるほど、センセーションを直ぐに引き起こし、当局の逆鱗に触れた。

第二章

（1）Zemke, Uwe: *Georg Weerth in Bradford*. In: Füllner, Bernd（Hrsg.）: *Georg Weerth. Neue Studien* Bielefeld. 1988. S.131.

（2）Zemke, *a.a.O*

（3）このスケッチ形式の小説はイングランド時代の一八四五年に書き始められ、最初の四章は一八四七年から『ケルン新聞』に連載され、すでにできあがっていた続きの四章は未印刷原稿のままで、一八四八年革命が勃発すると、同名で同じ登場人物の小説が、『新ライン新聞』に連載された。登場人物のプライス氏のモデルはボンでの雇い主アウスム・ヴェールトで、同名で、後述の「小説断片」にも登場する。

（4）ヴェールトは『イギリス・スケッチ』の一章「一八一〇年から一八四八年までのイングランドの商業恐慌の歴史」において、周期的に繰り返される商業恐慌に人々が、特に貧しい人々がどれほど翻弄されるか、商業恐慌の原因究明とともに詳述している。拙訳「一八一〇年から一八四八年までのイングランドの商業恐慌の歴史」（香川大学経済学会編『香川大学経済論叢』第七八巻第三号二〇〇五年）

第三章

（1）この文章は後に他のイギリスに関わる文章とともに、さらに未発表の関連する文章を併せ加筆修正された紀行文集『イギリス・スケッチ』の一章として組み込まれた。但し、この紀行文集は一八四八年革命の敗北により、ヴェールトの生前に出版されることはなかった。すでに発表された文章をのぞき、そしてまとめられた形の『イギリス・スケッチ』として日の目を見たのはカイザー版全集が初めてである。しかし、この「イングランドの労働者の花祭り」は全集以前にレクラム文庫（ライプチヒ）のヴェールトの散文集に収められるなど、単独で比較的知られていた。

第五章

（1） *Georg Weerth Gedichte.* Hrsg. v. Winfried Hartkopf unter Mitarbeit von Bernd Füllner u. Urlich Bossier. Reclam. Stuttgart. 1976.（RUB 9807）

（2） Vgl. Vaßen, Florian: *Georg Weerth. Ein Dichter des Vormärz und der Revolution von 1848/49.* Metzler. Stuttgart. 1971. 内藤洋子「政治詩再考—ゲオルク・ヴェールトをめぐって—」『影』第十五号　一九七三年．三一～三八ページ．Hotz, Karl: *Georg Weerth.- Ungleichzeitigkeit un Gleichzeitigkeit im literarischen Vormärz.* Klett. Stuttgart. 1976. 及び Freund, Winfried: '- *ein bißchen Not stachelt in die Rippen...' -Zur Struktur und Intention der "Lieder aus Lancashire"*. In: *Grabbe-Jahrbuch.* Jg.5. 1985. S.83–91.

（3） Vgl. Vaßen Florian: *Georg Weerth.Lieder aus Lancashire.* In: Kindlers Neues Literaturlexikon. Hrsg. v. Walter Jens. Bd. 17. München. 1992. S.476f. このような伝統的な遍歴職人についてはヴェールトは「ランカシアの歌」を掲載したピュットマン編集の『アルバム』に詩群「遍歴職人の歌」も載せている（五ページ～一四ページ）。この詩群には五編の詩が含まれているが、各編が登場する遍歴職人たちがやがて産業革命に飲み込まれていく運命を暗示している。この詩群については拙稿「ヴェールト『遍歴職人の歌』考」（『香川大学経済論叢』第八二巻第四号三〇三～三一九ページ）および拙稿に挙げた参考文献を参照されたい。

（4） Vgl. Werner, Hans-Georg: *Zur Ästhetischen Eigenart von Weerths "Lieder aus Lancashire"* In: Autorenkollektiv: *Georg Weerth- Werk und Wirkung.* Akademie-Verlag. Berlin. 1974. S. 60–72., Krapf, Ludiwg: *Rezeption und Rezeptionsverweigerung. Einige Überlegungen zur politischen Lyrik Georg Herweghs und Georg Weerths.* In: Weber, Hans-Dietrich（Hrsg.）: Rezeptionsgeschichte oder Wirkungsästhetik. Klett. Stuttgart. 1978. S. 83–100., Weber, Ernst: *Lesarten sozialistischer Lyrik. Zu Georg Weerths: "Es war ein armer Schneider"* In: Hantzschel, Günter（Hrsg.）: *Gedichte und Interpretationen. Bd. 4. Vom Biedermeier zum Bürgerlichen Realismus.* Reclam. Stuttgart. 1983. S.264–272., Werner, Johannes: *"Du Müller, du Mahler, du Mörder, du Dieb!". Berufsbilder in der deutschen Literatur.* C.H.Beck. Munchen. 1990. S.39–49. および武田昭『歴史的にみた—ドイツ民謡』東洋出版　一九七九年．一八〇～一九一ページ

（5） Engels, Friedrich: *Die Lage der arbeitenden Klasse in England.* Dietz Verlag. Berlin. 1974. 6. Aufl. S.317f..（『イギリスにおける労

働者階級の状態』下巻　一條和生・杉山忠平訳　岩波文庫一九九〇年　一六四～一六五ページ）

（6）Vgl. 吉岡昭彦『インドとイギリス』岩波新書（一九七五年初版）および加藤祐三『イギリスとアジア―近代史の原画』岩波新書（一九八〇年）

（7）［良知力］「三『ゲゼルシャフツシュピーゲル』誌の報告から」解説および同翻訳［市川孝一訳］、良知力編『資料ドイツ初期社会主義　義人同盟とヘーゲル左派』平凡社　一九七四年一八〇～一九一ページ

（8）抒情詩「あるアイルランド人の祈り」と紀行文「イングランドの労働者の花祭り」である。

（9）『アルバム』の性格に関しては宮野悦義「詩集『アルバム』をめぐって―真正社会主義者の歌―」井上正蔵編『ハイネとその時代』朝日出版社　一九七七年　五四～七一ページ

（10）『アルバム』でヴェールトの詩が二カ所に分載されたのは、当局の事前検閲を避けるために二十一ボーゲンを超えるように詩集が増ページされる必要があったことが理由として考えられる。ピュットマンからヴェールト宛て書簡（SBI/358.）

（11）前掲拙稿「ヴェールト『遍歴職人の歌』考」。

（12）例えば、「貧しい仕立て屋がいた」は単に「貧しい仕立て屋」であり、「ハズウェルの百人の男たち」は「百人の坑夫たち」になっているが、内容に変更はない。Vgl. Kittel, Erich: *Zur Gedichtsammlung Georg Weerths.* In: *Westfalen.* 1970. Heft 4. S.247–257 および Weber, Ernst: *Zur Funktion der Volksliederelemente in Georg Weerths Gedichtzyklus 'Die Not' (1844/45).* In: *Jahrbuch für Volksliedforschung.* 1987. S.39–63.

（13）詩「ブドウ栽培農民」を巡る状況については、拙稿「ヴェールト『ライン地方のブドウ栽培農民』考」（『香川大学経済論叢』第八二巻第四号三〇三～三一九ページ）を参照されたい。

第六章

（1）Zemke, Uwe: *Georg Weerth 1822–1856 Ein Leben zwischen Literatur, Poltik und Handel.* Droste. Düsseldorf. 1989. S.55f.

（2）このイングランドにおける民衆運動を述べた二編は他の多くの章とは違って、生前はまったく公表されることはなかった。この二編を我々が読むことができるようになったのは、カイザーによる五巻本全集に収められたからである。

（3）一六七九年にイングランドの議会が不法な逮捕や裁判を禁じて、人権保障の確立のために設けた法律。

（4）「人民憲章」都築忠七編『資料　イギリス初期社会主義』平凡社　一九七五年　二四七ページ。

（5）この記事は同じ表題で、ほとんど加筆修正もなく『イギリス・スケッチ』第十一章に収められることになる。

（6）このような表現はエンゲルスの『イギリスにおける労働者階級の状態』にも見られ（邦訳下巻一三二、一四二ページ）、またトーマス・カーライル（一七九五～一八八一）の『チャーティズム』（『カーライル選集』第六巻「歴史の生命」所収　宇山直亮訳　日本教文社　一九六二年　原著一八四〇年）でも同様である。

（7）このスティーブンズについてはヴェールトは「チャーティストの歴史」よりも前に、『ライン年誌』に掲載した「ステイリーブリッジの宣教師スティーブンズと一八三九年のイングランドの労働運動」拙訳『香川大学経済論叢』第八六巻第三号六三－九一ページ二〇一三年で彼の行動について詳しく描写している。

（8）これとほとんど同じことをヴェールトは上の「ステイリーブリッジの宣教師スティーブンズと一八三九年のイングランドの労働運動」でもスティーブンズのことに触れる前、冒頭でマルサスに触れている。

（9）マルサスやマーカスのことについて同時期のエンゲルスも『独仏年誌』に掲載された「国民経済学批判大綱」において、ヴェールトと同様に取り上げている。この論文は『独仏年誌』に掲載された時点で、ヴェールトは目を通しているし、この時期のエンゲルスとの交友を考えると影響を受けていると見ることは自然であろう。そしてさらにカーライルも「チャーティズム」において、同様に悪しきものとして言及している（邦訳二八四ページ）。このことから、良識ある人々からこのマーカスの考え方は同じように受け止められていたと推測することもむりではあるまい。エンゲルス「国民経済学批判大綱」『マルクス・エンゲルス全集』第一巻　五六二ページ、MEW. Bd. 1. S.

（10）オコーナーの「土地計画」についてはファーガス・オコーナー「チャーティスト土地計画」都築忠七編『資料　イギリス初期社会主義』平凡社　一九七五年　三四五～三五四ページを参照。

（11）「小説断片」の中でダンクール男爵が出版されたばかりとおぼしきエンゲルスの『イギリスにおける労働者階級の状態』を繙《ひもと》いて、産業ブルジョワジーに憤慨する場面がある。彼がすでに没落しつつある封建貴族であることを考えれば、興味深い一節である。

（12）この見解が注（9）に見られるようなプライス氏の発言と同じであることは論を待たない。また、作品の中でプライス氏が工場で労働者の働きぶりを「のぞき見」する場面があり、ブルジョワジーの卑しさが表現されている。Vgl. Nuth, Hildegunde: *Die Figur des Unternehmers in der Phase der Frühindustrialisierung in englischen und deutschen Romanen. Ansätze eines Vergleichs.* Teil 2.

Peter Lang. Frankfurt/M. Bern. New York. Paris. S.497–S.520.

(13) こうした労働者による「集会《ミーティング》」はイングランド滞在中にヴェールト自ら参加していたことである。このような「集会《ミーティング》」を通じて彼は当時興隆していたチャーティストとも親交を深めていく。上述のようにこの体験が「小説断片」に強く反映している。労働者階級は置かれた境遇に甘んじているだけではない、原因について考え、団結し、行動する。またさらに労働者階級が身近な仲間だけでなく、国境を越えた連帯感を求めることはヴェールトの「彼らはベンチにすわっていた」や「ドイツ人とアイルランド人」などの詩に窺うことができる。これは実態というよりも詩人の願望であるとも言えようが、イングランド帰りのエドゥアルトがドイツでかつての仲間にイングランドの労働者のことを語ることは労働者階級の国際連帯という側面を持っている。

(14) 労働者の世界が性差別にとらわれないという次のような興味深い一節がある。

「マリー、俺のことを笑うな。俺が話すことは本当のことだ。イングランドでは女性たちは公然と手をつないで歩くところまできている。一緒に協議する、この集り以外に集会《ミーティング》を自分たちの間だけでも開き、互いに夫や恋人たちをもっと煽動し、本当のヒロインのように自分たちの企てたことで支え、きちんと維持することを義務づけることもまれではない。卿や大臣たちとともにこの大胆な女性たちはそのような瞬間にはまるでそれが頭が空っぽな奴やでくの坊のように立ち回るのだ。」（VT I/ 393f）

エドゥアルトが妹に答える台詞である。勿論、現代の眼からすれば重要に思えないかもしれないが、執筆時期は一八四〇年代である。労働者の運動における女性の位置についてその重要性を明確に述べている。さらに、労働者が社会の主人公となることを考えた興味深い一節も「小説断片」にはある。それはマリーが兄とのやりとりをする次の場面である。

「その通りだ、金持ちの人たちだ。でもあの連中は日曜日に俺たちに親切でいる理由を一番持っているだろうね。俺たちは丸々一週間あの連中のために働いたのだから、あいつらは俺たちの暮らしを一度はずいぶんと快適にして、日曜日には本来俺たちの親切な行いに対し報いることに心を配るべきだろう。」

「それは本当だわ。もし、私たちがお金持ちで、家でたくさんの労働者を使っていたら、きっとそうしているわ。」

「そうだとも、お前だったら早朝にはもう馬車を労働者宅の戸口に乗り付けて老いも若きも乗り込まねばならないだろう―そして馬車に座席が見つからない人は蒸気船の切符を手に入れて、この日の遠足の目的地に決められている場所に水路で他の人たちの後を追うのさ。」（VT I/ 389）

このように労働者が、一人一人の社会的力が弱くても、一個の自立した存在であり、日々厳しい労働に追われていても人間らしさを追求し、生活に潤いを求める人たちであることは「イングランドの労働者の花祭り」で見たとおりである。

(15) SWII/11　ほかの箇所でもカイザーはこのことを「小説断片」におけるエドゥアルトのとった行動を細かに取り上げて強調している。Vgl. *Weerths Werke in zwei Bänden.* Ausgew. u. eingel. v. Bruno Kaiser. Aufbau-Verlag. Berlin u. Weimar. 1976 (4.Aufl.) Bd. 1. IX. エドラーはエドゥアルトが「ドイツ文学史上最初の労働者」ということには異議を唱えているが、ここで重点が置かれているのは「階級意識を持った」ということなので、エドラーの批判は的を射ていない。Vgl. Edler, Erich: *Die Anfänge des sozialen Romans und der sozialen Novelle in Deutschland.* Vittorio Klostermann. Frankfurt am Main. 1977. S.240.

第七章

(1) 「エメラルドグリーンの島」はアイルランドのことである。

(2) この抒情詩は後にAnnaをMaryに変えただけで、『新ライン新聞』(一八四八年六月一五日付け)にも掲載されたが、その時は「あるアイルランド人の嘆きの歌」という標題だった。(Vgl. SW I/212ff. 及び SW I/303)

(3) *Georg Weerth Gedichte.* Hrsg. v. Winfried Hartkopf u. M. v. Bernd Füllner u. Ulrich Bossier. Reclam.(RUB 9807) Stuttgart. 1976. S. 86ff.

(4) *a.a.O.*

(5) Engels, Friedrich: *Die Lage der arbeitenden Klasse in England.* Dietz. Berlin. 1974. S. 157. (一條和生・杉山忠平訳『イギリスにおける労働者階級の状態』岩波文庫版(上)、一七九～一八〇ページ)

第八章

(1) ヴェールトの「非近代的な世界への旅」はウェールズ以外に、一八四八年革命後、ポルトガル・スペイン、そして西インド諸島及びラテンアメリカに向けて行われた。前者については拙稿「ヴェールトのポルトガル・スペイン紀行」(香川大学経済学会編『香川大学経済論叢』第七一巻第四号　一九九九年)を、後者については拙稿「ヴェールトのラテン・アメリカ旅行」(宮崎揚弘編『続・ヨーロッパ世界と旅』法政大学出版局、二〇〇一年)を参照されたい。

関係年表

年（月　日）	ヴェールトの足跡	作品（本書に関わりがあるもののみ）	書　簡	イギリス
一七八五				カートライト、力織機発明
一七九八				マルサス、『人口論』刊行 結社（団結）禁止法
一八〇〇				オーウェン、ニューラナーク工場
一八〇一				アイルランド合同法発効
一八〇七				英帝国内の奴隷貿易禁止 ロンドンにガス灯つく
一八一一				ラッダイト運動開始（－一六）
一八一三				オーウェン、『新社会観』刊行
一八一四				スティヴンソン、蒸気機関車を実用化
一八一五				ワーテルローの戦い 穀物法制定
一八一六				コベット・ハントの改革運動
一八一七				リカードウ、『政治経済学および課税の原理』刊行 人身保護法停止
一八一九				ピータールーの虐殺 紡績工場法
一八二〇				ジョージ四世即位（－三〇） マルサス、『経済学原理』刊行
一八二一				オーウェン、『ラナーク州への報告』
一八二二	デトモルトに生まれる			
一八二三				大英博物館起工 ロンドン、グラスゴー職工学校開設
一八二五				ロンドン・ブリッジ建造 ストックトン・ダーリントン間に鉄道開設
一八二九				カトリック教徒解放法
一八三〇				マンチェスター・リヴァプール間に鉄道開通
一八三二				第一次選挙法改正

一八三三					工場法 大英帝国全域で奴隷制度廃止
一八三四					全国労働組合大連合成立
一八三五					都市自治体法成立
一八三六		エルバーフェルトで商人修業開始			穀物法撤廃
一八三七					ヴィクトリア女王即位
一八三八					人民憲章公表
一八三九		ケルンで簿記係、初めての詩			反穀物法同盟結成 チャーティストの請願否決
一八四〇					アヘン戦争起こる（―一八四二）
一八四二		ボンで商務顧問官アウスム・ヴェールトの元で簿記係			チャーティストの第二回請願、下院で否決
	（一二 八）				南京条約
一八四三	（九）	初めてのロンドン旅行			
	（一〇 二八／二九）		*Von Köln nach London*（KöZ）		
	（一二 一〇）	ロンドン到着		母親宛手紙（Nr.70, *Columbine*）	
	（一二 一二）	ロンドン出発			
	（一二 一三）	マンチェスター到着			
	（一二 一五）			母親宛手紙（Nr.71, Manchester）	
	（一二 一八）	マンチェスター出発ブラッドフォードへ			
	（一二 一九）	ブラッドフォードで働き始める			
	（一二 二一）			母親宛手紙（Nr.73 前半, Bradford）	
	（一二 二三）			母親宛手紙（Nr.73 後半, Bradford）	
一八四四	（一 一〇）			Ferdinand Weerth 宛手紙（Nr.75, Bradford）	
	（一 一四）			Wilhelm Weerth 宛手紙（Nr.76, Bradford）	
	（一 二三）			母親宛手紙（Nr.75, Bradford）	
	（二 一）				
	（二 二三）			母親宛手紙（Nr.79, Bradford）	
	（四 八）			母親宛手紙（Nr.81, Bradford）	
	（四 一九）			母親宛手紙（Nr.83, Bradford）	

年（月　日）	ヴェールトの足跡	作品（本書に関わりがあるもののみ）	書　簡	イギリス
（四　二四）			（Püttmann からの手紙　Nr. 84, Köln）	
（五　二〇）		*Englische Reisen 1*（KöZ）		
（五　二一）		*Englische Reisen 2*（KöZ）		
（五　二二）	エンゲルスと出会う	*Englische Reisen 3*（KöZ）	母親宛手紙（Nr.85, Bradford）	
（五　二三）		*Englische Reisen 5*（KöZ）		
（五　二三）			Wilhelm Weerth 宛手紙（Nr.87, Bradford）	
（五　二四）		*Englische Reisen 6*（KöZ）		
（七　六）			母親宛手紙（Nr.88, Bradford）	
（七　一七）			母親宛手紙（Nr.89, Bradford）	
（七　二二）		*Ein Sonntag abend auf dem Meere*（KöZ）		
（七　二三）			母親宛手紙（Nr.90, Bradford）	
（八　四）		*Englische Reisen 6*（KöZ）		
（八　二二）	「エンゲルス、マンチェスターを去る」			
（八　二五）		*Englische Reisen 7*（KöZ）		
（八　二八）			母親宛手紙（Nr.92, Bradford）	
（九　二八）	ハズウェル炭坑で爆発事故			
（一〇　七-一三）	ウェールズ旅行			
（一〇　一九）			母親宛手紙（Nr.94, Bradford）	
（一〇　三〇）	チャーティストの集会でオコーナーの演説を聴く			
（一一）	マクミキャンと知り合う			
（一一　二三）			母親宛手紙（Nr.95, Bradford）	
（一二　末）			母親宛手紙（Nr.98, Bradford）	
（一二　二四）		*Die Industrie*（*Deutsches Bürgerbuch*） *Die Armen in der Senne*（*Deutsches Bürgerbuch*）	Wilhelm Weerth 宛手紙（Nr.99, Bradford）	
一八四五（一　一二）			母親宛手紙（Nr.100, Bradford）	アイルランドで、ジャガイモの病害発生、大飢饉
（一　二三）			Friedrich aus'm Weerth 宛手紙（Nr.101, Bradford）	
（一　一八）			母親宛手紙（Nr.103, Bradford）	
（二　一八以前）	ブラッドフォードの鉄道集会に参加			

（四　一二）			Wilhelm Weerth 宛手紙（Nr.105, Bradford）	
（五）		*Die Wohltaten des Herzogs von Malborough (Gesellschaftsspiegel H.1)*		
（五　二九）			母親宛手紙（Nr.107, Bradford）	
（六　一九）		*Scherzhafte Reisen 2 (KöZ)*		
（六　二〇）		*Scherzhafte Reisen 3 (KöZ)*		
（六　二三）		*Scherzhafte Reisen 3 (KöZ)*		
（六　二四）		*Scherzhafte Reisen 4 (KöZ)*		
（六　二五）			Friedrich Engels 宛手紙（Nr.109, Bradford）	
（六　二五／二六）		*Scherzhafte Reisen 6 (KöZ)*		
（七　一〇）	この頃ブリュッセルへ旅行 マルクスやエンゲルスと交友関係		母親宛手紙（Nr.110, Brüssel）	
（七　一七）			母親宛手紙（Nr.112, Brüssel）	
（七　一九）			母親宛手紙（Nr.113, Brüssel）	
（七　一九）			Wilhelm Weerth 宛手紙（Nr.114）	
（七　三〇）			母親宛手紙（Nr.116, Brüssel）	
（八）	ベルギーへ商用旅行	*Proletarier in England (Rheinische Jahrbücher I)* *Erst achtzehn Jahr (Rheinische Jb. I)*		
（八　一八）			Marx 宛手紙（Nr.117, Brüssel）	
（八　二三）			母親宛手紙（Nr.118, Brüssel）	
（九　二〇）	ブラッドフォードへ帰還			
（九　二一）	ジュリアン・ハーニーと会う			
（九　二五）	ジョン・ジャクソンが花祭りに招待			
（九　二六）		*Der Kanonengießer (Gesellschaftsspiegel I)* *Gesundheitszustand der Arbeiter in Bradford, Yorkshire (Gesellschaftsspiegel I)* *Das Blumenfest der englischen Arbeiter (Gesselschaftsspiegel I)*	母親宛手紙（Nr.120, Bradford）	
（九　二八）		*Lieder aus Lancashire (Gesellschaftsspiegel I)*		
（一〇　三以前）			Engels, Hess, Marx 宛の手紙（Nr. 121, Bradford）	

年（月　日）	ヴェールトの足跡	作品（本書に関わりがあるもののみ）	書　簡	イギリス
（一〇　三一）			母親宛手紙（Nr.123, Bradford）	
（一一　二一）			母親宛手紙（Nr.126, Bradford）	
（一二　一七）	ウェークフィールドでの反穀物法巨大集会に参加			
（一二　一八）			Marx 宛手紙（Nr.127, Bradford）	
（一二　一八）			母親宛手紙（Nr.128, Bradford）	
（一二　二五）	エンゲルス『イングランドにおける労働者階級の状態』		Marx 宛手紙（Nr.130, Bradford）	
一八四六（一　九）			母親宛手紙（Nr.131, Bradford）	
（二　二五）			母親宛手紙（Nr.133, Bradford）	
（三　二三）			母親宛手紙（Nr.135, Bradofrd）	
（四　一二）	ブラッドフォードを去る ブリュッセルで商業活動			
（九）		*Das englische Armenwesen*（KöZ） *Joseph Rayner Stephens*（*Rheinische Jahbücher 2*） *Handwerkburschenlieder*（*Album*） *Lieder aus Lancashire*（*Album*）		
（一二）		*Oktavheft*（*Gedichtsammlung*）		
一八四七（二　一八）		*Gebet eines Irländers*（DBZ Nr.14）		
（三）	北フランスを商用旅行			
（六　九）	「共産主義者同盟」結成会議	*Das Parlament der englischen Arbeiter*（DBZ Nr.51）		
（七）	オランダを商用旅行			
（七　二九）		*Die Kaffeehäuser in London*（DBZ Nr.60）		
（九　一六－一八）	ブリュッセル自由貿易会議 三日目に演説			イングランドで商業恐慌
（一一　二七）		*Die englische Geldkrise und die Eröffnung des Englischen Parlaments 1*（KöZ）		

(一一　二八)		*Die englische Geldkrise und die Eröffnung des Englischen Parlaments 2* (*KöZ*)		
(一一　二八)			母親宛手紙 (Nr.175, Brüssel)	
(一一　二九)		*Die englische Geldkrise und die Eröffnung des Englischen Parlaments 3* (*KöZ*)		
一八四八 (一　七)		*Die Repeal-Motion in Händen O'Corners* (*KöZ*)		
一八四八 (二)	パリで革命勃発　パリへ急行する			チャーティスト最後の示威行動
(三)	ドイツ各地で革命が起こる　ケルンへ移住し『新ライン新聞』創刊の準備(一八四八年六月一日から一八四九年五月一九日まで文芸欄編集に携わる)			
(八　八)		*Schnapphahnski 1* (*NRhZ*)		
(八　九)		*Schnapphahnski 2* (*NRhZ*)		
(八　一〇)		*Schnapphahnski 3* (*NRhZ*)		
(八　一二)		*Schnapphahnski 4* (*NRhZ*)		
(八　一三)		*Schnapphahnski 5* (*NRhZ*)*		
一八四九	夏　リュティヒで商業活動			
(九)	ロンドンで商業活動			
(一〇)	三ヶ月の禁固刑に処せられる(一八五〇年三月から五月まで服役)			
一八五〇 (九)	スペインへ商用旅行(翌年二月まで)			
一八五一	西ヨーロッパ各地を商用旅行			ロンドンで第一回万国博覧会
一八五二 (一二)	西インド諸島へ商用旅行(一八五五年六月まで)			
一八五六 (七)	ハバナで死去			

* この連載は一八四八年一二月まで継続

書簡の番号はSB (*Sämtliche Briefe*) で付されたものである。

タ行

ナ行

ハ行

マ行

ラ行

索 引

■著者紹介

高木　文夫　（たかき　ふみお）

1949年山口県生まれ
山口大学文理学部文学科卒業
九州大学大学院文学研究科博士課程1年次単位取得退学
香川大学経済学部教授

主な著訳書

石塚正英・内田弘・柴田隆行・的場昭弘・村上俊介編『新マルクス学事典』弘文堂（編集協力および分担項目執筆）

石塚正英・柴田隆行・的場昭弘・村上俊介編『都市と思想家　Ｉ』法政大学出版局（分担執筆）

宮崎揚弘編『ヨーロッパ世界と旅 続』法政大学出版局（分担執筆）

高池久隆・高木文夫編著『ハイネとVormärzの詩人たち』（日本独文学会叢書049）日本独文学会

日本シュトルム協会編『シュトルム名作集』第1巻、第4〜6巻、三元社（分担訳）

〔香川大学経済研究叢書25〕

ヴェールトとイギリス

2014年3月20日　初版第1刷発行

■著　　者——高木文夫
■発 行 者——佐藤　守
■発 行 所——株式会社 **大学教育出版**
〒700-0953　岡山市南区西市855-4
電話（086）244-1268　FAX（086）246-0294
■印刷製本——モリモト印刷㈱

ISBN978－4－86429－251－1

《 香川大学経済研究叢書 》

不安定性原理研究序説 研究叢書 1
篠崎敏雄 著　香川大学経済学会／A5判・261頁／昭和62年3月刊行

地域経済の理論的研究 研究叢書 2
井原健雄 著　香川大学経済学会／A5判・169頁／昭和62年8月刊行

『資本論』の競争論的再編 研究叢書 3
安井修二 著　香川大学経済学会／A5判・180頁／昭和62年9月刊行

購買力平価と国際通貨 研究叢書 4
宮田亘朗 著　香川大学経済学会／A5判・409頁／昭和64年1月刊行

戦略的人間資源管理の組織論的研究 研究叢書 5
山口博幸 著　信山社／A5判・304頁／平成4年6月刊行

ハロッドの経済動学体系の発展 研究叢書 6
篠崎敏雄 著　信山社／A5判・214頁／平成4年6月刊行

戦後香川の農業と漁業 研究叢書 7
辻 唯之 著　信山社／A5判・180頁／平成5年9月刊行

≪安価な政府≫の基本構成 研究叢書 8
山崎 怜 著　信山社／A5判・194頁／平成6年7月刊行

戦前香川の農業と漁業 研究叢書 9
辻 唯之 著　信山社／A5判・291頁／平成8年6月刊行

単位根の推定と検定 研究叢書 10
久松博之 著　信山社／A5判・177頁／平成9年8月刊行

予算管理の展開 研究叢書 11
堀井悼暢 著　信山社／A5判・200頁／平成9年11月刊行

市場社会主義論 研究叢書 12
安井修二 著　信山社／A5判・203頁／平成10年1月刊行

香川県の財政統計 研究叢書 13
西山一郎 著　信山社／A4判・216頁／平成11年3月刊行

ロマンス諸語対照スペイン語語源小辞典素案 研究叢書 14
秦 隆昌 著　信山社／A5判・194頁／平成11年3月刊行

16 世紀ロシアの修道院と人々 研究叢書 15
細川 滋 著　信山社／A5判・214頁／平成14年3月刊行

Econometric Analysis of Nonstationary and Nonlinear Relationships 研究叢書 16
Feng Yao 著　信山社／A5判・211頁／平成14年3月刊行

Cultural Values and Organizational Commitment -A collection of studies on Malaysia and Japan- 研究叢書17
Lrong Lim and Hiroaki Itakura 著　大学教育出版／A5判・222頁／平成15年5月刊行

ソ連・ロシアにおける地域開発と人口移動 研究叢書 18
雲 和広 著・訳　大学教育出版／A5判・200頁／平成15年6月刊行

投資行動の理論 研究叢書 19
阿部文雄 著　大学教育出版／A5判・170頁／平成15年7月刊行

フランス文化論序説 Le français langue étrangère en tant que critique culturelle 研究叢書 20
渡邉英夫 著　大学教育出版／A5判・166頁／平成16年2月刊行

スラヴ語の小径 ―スラヴ言語学入門― 研究叢書 21
山田 勇 著　大学教育出版／A5判・242頁／平成18年3月刊行

査定規制と労使関係の変容 ―全自の賃金原則と日産分会の闘い― 研究叢書 22
吉田 誠 著　大学教育出版／A5判・196頁／平成19年3月刊行

余剰の政治経済学 研究叢書 23
沖 公祐 著　日本経済評論社／A5判・210頁／平成24年7月刊行

ドイツ・システム論的経営経済学の研究 研究叢書 24
柴田 明 著　中央経済社／A5判・236頁／平成25年11月刊行